少年飘泊者

蒋光慈◎著

中国言实出版社

图书在版编目(CIP)数据

少年飘泊者 / 蒋光慈著 . –– 北京 : 中国言实出版
社 , 2021.2

ISBN 978-7-5171-3786-3

Ⅰ . ①少… Ⅱ . ①蒋… Ⅲ . ①长篇小说 – 中国 – 现代
Ⅳ . ① I246.5

中国版本图书馆 CIP 数据核字（2021）第 026217 号

出 版 人　王昕朋
责任编辑　罗　慧
责任校对　王建玲

出版发行　中国言实出版社

　　　　　地　　址：北京市朝阳区北苑路 180 号加利大厦 5 号楼 105 室

　　　　　邮　　编：100101

　　　　　编辑部：北京市海淀区花园路 6 号院 B 座 6 层

　　　　　邮　　编：100088

　　　　　电　　话：64924853（总编室）　64924716（发行部）

　　　　　网　　址：www.zgyscbs.cn

　　　　　E-mail：zgyscbs@263.net

经　　销　新华书店

印　　刷　北京中科印刷有限公司

版　　次　2021 年 3 月第 1 版　　2021 年 3 月第 1 次印刷

规　　格　710 毫米 ×1000 毫米　1/16　6 印张

字　　数　76 千字

定　　价　38.00 元　　ISBN 978-7-5171-3786-3

　　蒋光慈 (1901—1931)，原名蒋光赤，安徽霍邱 (今金寨县白塔畈镇白大村河北组白大小街) 人。1921 年赴苏联莫斯科东方大学学习。次年加入中国共产党，回国后从事文学活动，曾任上海大学教授。1927年与阿英、孟超等人组织"太阳社"，编辑《太阳月刊》《时代文艺》《新流》《拓荒者》等文学杂志，宣传革命文学。著有诗集《新梦》《哀中国》，小说《少年飘泊者》《野祭》《冲出云围的月亮》等。

拜伦啊！

你是黑暗的反抗者，

你是上帝的不肖子，

你是自由的歌者，

你是强暴的劲敌。

飘零啊，毁谤啊……

这是你的命运罢，

抑是社会对于天才的敬礼？

——录自作者《怀拜伦》

自　序

　　在现在唯美派小说盛行的文学界中，我知道我这一本东西，是不会博得人们喝彩的。人们方沉醉于什么花呀，月呀，好哥哥，甜妹妹的软香巢中，我忽然跳出来做粗暴的叫喊，似觉有点太不识趣了。

　　不过读者切勿误会我是一个完全粗暴的人！我爱美的心，或者也许比别人更甚一点；我也爱幻游于美的国度里。但是，现在我所耳闻目见的，都不能令我起美的快感，更哪能令我发美的歌声呢？朋友们！我也实在没有法子啊！

　　倘若你们一些文明的先生们说我是粗暴，则我请你们莫要理我好了。我想，现在粗暴的人们毕竟占多数，我这一本粗暴的东西，或者不至于不能得着一点儿同情的应声。

蒋光慈

一九二五年十一月一日于上海

目录

红色岁月　红色历程　红色史诗　红色经典

一

维嘉先生：

我现在要写一封长信给你——你接着它时，一定要惊异，要奇怪，甚至于要莫名其妙。本来，平常我们接到人家的信时，一定先看看是从什么地方寄来的，是谁寄来的。倘若这个给我们写信的人为我们所不知道，并且，他的信是老长老长的，我们一定要惊异，要奇怪。因此，我能想定你接着我这一封长信的时候，你一定要发生莫名其妙而且有趣的情态。

你当然不知道我是何如人。说起来，我不过是一个飘泊的少年，值不得一般所谓文学家的注意。我向你抱十二分的歉——我不应写这一封长信，来花费你许多贵重的时间。不过我还要请你原谅我，请你知道我对于你的态度。我虽然不长于文学，但我对于文学非常有兴趣，近代中国文学家虽多，然我对于你比较更敬仰一点——我敬仰你有热烈的情感，反抗的精神，新颖的思想，不落于俗套。维嘉

1

先生！你切勿以此为我恭维你的话，这不过是我个人的意思，其实还有多少人小觑你，笑骂你呢！我久已想写信给你，但是我恐怕你与其他时髦文学家同一态度，因之总未敢提笔。现在我住在旅馆里，觉着无聊已极，忽然想将以前的经过——飘泊的历史——提笔回述一下。但是向谁回述呢？我也不是一个大文学家，不愿做一篇自传，好借之以炫异于当世；我就是将自传做了，又有谁个来读它呢？就是倘若发生万幸，这篇自传能够入于一二人之目，但是也必定不至于有好结果——人们一定要骂我好不害臊，这样的人也配做自传么？维嘉先生！我绝对没有做自传的勇气。

现在请你原谅我。我假设你是一个不鄙弃我的人，并且你也不讨厌我要回述自己飘泊的历史给你听听。我假设你是一个与我表同情的人，所以我才敢提起笔来向你絮絮叨叨地说，向你表白表白我的身世。

维嘉先生！请你不要误会！我并不希望借你的大笔以润色我的小史——我的确不敢抱着这种希望。

我也并不是与你完全不认识。五六年前我原见过你几次面，并且与你说过几句话，写过一次信。你记不记得你在 w 埠当学生会长的时代？你记不记得你们把商务会长打了，把日货招牌砍了，一切贩东洋货的奸商要报你们的仇？你记不记得一天夜里有一个人神色匆促向你报信，说奸商们打定主意要报学生仇，已经用钱雇了许多流氓，好暗地把你们学生，特别是你，杀死几个？这些事情我一点儿都未忘却，都紧紧地记在我的脑里。维嘉先生！那一天夜里向你报信的人就是我，就是现在提笔写这一封长信给你的人。当时我只慌慌张张地向你报告消息，并没有说出自己的姓名；你听了我的报告，也就急忙同别人商量去了，并没有问及我的姓名，且没有送我出门。我当时并不怪你，我很知道你太过于热心，而把小礼节忘却了。

这是六年前的事，你大约忘记了罢？维嘉先生！你大约更不知道我生活史中那一次所发生的事变。原来我那一夜回去太晚了，我的东家疑惑我将他们所定的计划泄漏给你们，报告给你们了，到第二天就把我革去职务，不要我替他再当伙友了。这一件事情，你当然是不知道。

我因为在报纸上时常看见你的作品，所以很知道你的名字。W 埠虽是一个大商埠，但是，在五六年前，风气是闭塞极了，所谓新文化运动，可以说是没有。自从你同几位朋友提倡了一下，W 埠的新潮也就渐渐地涌起来了。我不愿意说假话，维嘉先生，我当时实在受你的影响不少！你记不记得有一年暑假时，你接到了一封署名汪中的信？那一封信的内容，一直到如今，我还记得，并且还可以背诵得出。现在，我又提笔写长信给你，我不问你对于我的态度如何，讨厌不讨厌我，但我总假设你是一个可以与我谈话的人，可以明白我的人。

那一年我写信给你的时候，正是我想投江自杀的时候，现在我写信给你时的情绪，却与以前不同了。不过写这前后两封信的动机是一样的——我以为你能明白我，你能与我表同情。维嘉先生！我想你是一个很明白的人，你一定知道：一个人当万感丛集的时候，总想找一个人诉一诉衷曲，诉了之后才觉舒服些。我并不敢有奢望求你安慰我；倘若你能始终听我对于自己历史的回述，那就是我最引以为满意的事了。

现在，我请你把我的这一封长信读到底！

二

　　在安徽省 T 县 P 乡有一乱坟山，山上坟墓累累，也不知埋着的是哪些无告的孤老穷婆、贫儿苦女——无依的野魂。说起来，这座乱坟山倒是一块自由平等的国土，毫无阶级贵贱的痕迹。这些累累的坟墓，无论如何，你总说不清哪一个尊贵些，卧着的是贵族的先人；哪一个贫贱些，卧着的是乞丐的祖宗。这里一无庄严的碑石，二无分别的记号，大家都自由地排列着，也不论什么高下的秩序。或者这些坟墓中的野魂，生前受尽残酷的蹂躏，不平等的待遇，尝足人世间所有的苦痛；但是现在啊，他们是再平等自由没有的了。这里无豪贵的位置，豪贵的鬼魂绝对不到这里来，他们尽有自己的国土；这里的邻居尽是些同等的分子，所谓凌弱欺贱的现象，大约是一定不会有的。

　　乱坟山的东南角，于民国四年（1915 年——编者注）九月十五日，在丛集土堆的夹道中，又添葬了一座新坟。寥寥几个送葬的人

5

将坟堆积好了，大家都回去了，只剩下一个戴孝的约十五六岁的小学生，他的眼哭得如樱桃一般的红肿。等到一切人都走了，他更抚着新坟痛哭，或者他的泪潮已将新坟涌得透湿了。

夕阳渐渐要入土了，它的光线照着新掩埋的坟土，更显现出一种凄凉的红黄色。几处牧童唱着若断若续的归家牧歌，似觉是帮助这个可怜的小学生痛哭。晚天的秋风渐渐地凉起来了，更吹得他的心要炸裂了。暮帐愈伸愈黑，把累累坟墓中的阴气都密布起来。忽而一轮明月从东方升起，将坟墓的颜色改变一下，但是谁个能形容出这时坟墓的颜色是如何悲惨呢？

他在这时候实在也没有力量再哭下去了。他好好地坐在新坟的旁边，抬头向四面一望，对着初升的明月出了一会神。接着又向月光下的新坟默默地望着。他在这时候的情绪却不十分悲惨了，他的态度似乎觉得变成很从容达观的样子。他很从容地对着新坟中的人说道：

"我可怜的爸爸！我可怜的妈妈！你俩今死了，你俩永远抛下这一个弱苦的儿子，无依无告的我。

"你俩总算是幸福的了：能够在一块儿死，并且死后埋在一块，免去了终古的寂寞。黑暗的人间硬逼迫你俩含冤而死，恶劣的社会永未给过你俩以少微的幸福。你俩的冤屈什么时候可以申雪？你俩所未得到的幸福又什么时候可以偿还呢？

"但是，我的爸爸！我的妈妈！你俩现在可以终古平安地卧着，人世间的恶魔再不能来扰害你俩了。这里有同等的邻居——他们生前或同你俩一样地受苦，他们现在当然可以做你俩和睦的伴侣。这里有野外的雨露——你俩生前虽然被了许多耻辱，但是这些雨露或可以把你俩的耻辱洗去。这里有野外的明月——你俩生前虽然一世过着黑暗的生活，但是现在你俩可以细细领略明月的光辉。

"爸爸！妈妈！平安地卧着罢！你俩从今再不会尝受人世间的虐待了！

"但是，你俩倒好了，你俩所抛下一个年幼的儿子——我将怎么办呢？我将到何处去？我将到何处去？……"

说到此时，他又悲伤起来，泪又不禁涔涔地流下。他想，他的父母既然被人们虐待死了，他是一个年幼的小孩子，当然更不知要受人们如何的虐待呢！他于是不禁从悲伤中又添加了一层不可言状的恐惧。

"倒不如也死去好……"他又这般地想着。

维嘉先生！这一个十六岁的小学生，就是十年前的我。这一座新坟里所卧着的，就是我那可怜的，被黑暗社会所逼死的父母。说起来，我到现在还伤心——我永远忘却不了我父母致死的原因！现在离我那可怜的父母之死已经有十年了，在这十年之中，我总未忘却我父母是为着什么死的。

江河有尽头，此恨绵绵无尽期！我要为我父母报仇，我要为我父母申冤，我要破坏这逼使我父母惨死的万恶社会。但是，维嘉先生，我父母死去已十年了，而万恶的社会依然，而我仍是一个抱恨的飘泊的少年！

三

　　民国四年，我乡不幸天旱，一直到五月底，秧禾还没有栽齐。是年秋收甚劣，不过三四成。当佃户的倘若把课租缴齐与主人（我乡称地主为主人），就要一点儿也不剩，一定要饿死。有些佃户没有方法想，只得请主人吃酒，哀告将课租减少。倘若主人是有点良心的，则或将课租略略减少一点，发一发无上的大慈悲，不过多半主人是不愿意将课租减少的——他们不问佃户有能力缴课租与否，总是硬逼迫佃户将课租缴齐，否则便要驱逐，便要诉之于法律，以抗缴课租罪论。有一些胆小的佃户们，因为怕犯法，只得想方设法，或借贷，或变卖耕具，极力把课租缴齐，倘若主人逼得太紧了，他们又无法子可想，最后的一条路不是自杀，就是卖老婆。有一些胆大的佃户们，没有方法想，只得随着硬抵，结果不是被驱逐，就是挨打，坐监狱。因之，那一年我县的监狱倒是很兴旺的。

　　我家也是一个佃户。那一年上帝对于穷人大加照顾，一般佃户们都没脱了他的恩惠。我家既然也是一个佃户，当然也脱不了上帝的恩惠，尝一尝一般佃户们所受的痛苦。我家人口共三人，我的父母和我。我在本乡小学校读书，他们俩在家操作；因为天旱，我的书也读不成了，就在家里闲住着。当时我的父母看着收成不好，一家人将要饿死，又加着我们的主人势大，毫不讲一点儿理由，于是天天总是相对着叹气，或相抱着哭泣。这时真是我的小生命中一大波浪。

缴课租的日子到了。我家倘若把收得的一点粮食都缴与主人罢，则我们全家三口人一定要饿死；倘若不缴与主人罢，则主人岂能干休？我的父母足足哭了一夜，我也在旁边伴着他俩老人家哭。第二日早饭过后，主人即派人来到我家索课租。那两个奴才仗着主人的势力，恶狠狠地高声对我父亲说：

"汪老二！我们的主人说了，今天下午你应把课租担送过去，一粒也不许缺少，否则打断你的狗腿！"

我的父母很悲惨地相互默默地望着。那两个奴才把话说完就出门去了。我俯在桌子上，也一声儿不响。到后来还是我母亲先开口问我父亲：

"怎么办呢？"

"你说怎么办呢？只有一条死路！"

我听见我父亲说出一条死路几个字，不禁放声哭了。他俩见我放声哭了，也就大放声哭起来。后来，我想老哭不能完事，一定要想出一个办法。于是我擦一擦眼泪，抬头向父亲说：

"爸爸！我想我们绝对不至于走到死路的。我想你可以到主人家里去哀告哀告，或者主人可以发点慈悲，不至于拼命地逼迫我们。人们大约都有点良心，当真我们的主人是禽兽不成？爸爸！你去试一试，反正我们也没有别的方法可想……"

我们的主人是最可恶不过的。人家都称他为刘老太爷；因为他的大儿子在省署里做官——做什么官我也不清楚——有声有势；二儿子在军队里做营长，几次回家来威武极了。这位刘老太爷有这么两位好儿子，当然是可以称雄于乡里的了，因之做恶为祟，任所欲为，谁也不敢说一句闲话。他平素对待自己的佃户，可以说酷虐已极，无以复加！当时我劝我父亲去向他哀告，不过是不得已的办法；我父亲也知道这种办法，是不会得着效果的。不过到了没有办法的时候，也只得要走这一条路。于是我父亲听从了我的话，向我母亲说：

"事到如此地步，我只得去试一试，倘若老天爷不绝我们的生路，他或者也发现点天良，慈悲我们一下，也未可知。我现在就去了，你们且在家等着，莫要着急！"

我父亲踉跄地出门去了。

刘老太爷的家——刘家老楼——离我家不远。父亲去后，我与母亲在家提心吊胆地等着。我只见我母亲的脸一会儿发红，一会儿发白，一会儿又落泪。照着她脸上的变态，我就知道她心里是如何的恐慌，如何的忧惧，如何的悲戚，如何的苦痛。

但是我当时总找不出安慰她老人家的话来。

四

　　维嘉先生！人世间的惨酷和恶狠，倘若我们未亲自经验过，有许多是不会能令我们相信的。我父母之死，就死在这种惨酷和恶狠里。我想，倘若某一个人与我没什么大仇恨，我决不至于硬逼迫他走入死地，我决不忍将他全家陷于绝境。但是，天下事决不能如你我的想望，世间人尽有比野兽还毒的。可怜我的父母，我的不幸的父母，他俩竟死于毫无人心的刘老太爷的手里！……

　　当我劝父亲到刘老太爷家里哀告时，虽未抱着大希望，但也决料不到我父亲将受刘老太爷的毒打。就是我父亲自己临行时，大约也未想及自己就要死于这一次的哀告。我与我母亲老在家等我父亲回来，等他回来报告好的消息。我当时虽然未祷告，但是，我想，我的母亲一定是在心中暗地祷告，求菩萨保佑我们的性命，父亲的安稳。但是菩萨的双耳听错了：我母亲祈祷的是幸福，而他给与的却是灾祸。从这一次起，我才知道所谓上帝，所谓菩萨，是与穷人们极反对的。

我们等父亲回来，但等至日快正中了，还未见父亲回来。母亲不耐烦跑到门外望——睁着眼不住地向刘家老楼那一方向望。我还在屋里坐在椅子上东猜西想，就觉着有什么大祸要临头也似的。忽而听见门外一句悲惨而惊慌的呼唤声。

"中儿！你出来看看，那，那是不是你的父亲？……"

我听见这一句话，知道是母亲叫唤我，我即忙跑出来。此时母亲的态度更变为惊慌了。我就问她：

"怎么了？父亲在什么地方？"

"你看，那走路一歪一倒的不是你的父亲么？吃醉了酒？喂！现在哪有酒吃呢？说不定被刘老太爷打坏了……"

啊！是的！被我母亲猜着了。父亲一歪一倒地愈走愈近，我和母亲便向前去迎接他。他的面色现在几如石灰一样的白，见着我们一句话也不说，只是泪汪汪地。一手搭在我的肩上，一手搭在母亲的肩上，示意教我俩将他架到屋里去。我和母亲将他架到屋里，放在床上之后，我母亲才问他。

"你，你怎么弄到这般样子？……"

我母亲哭起来了。

我父亲眼泪汪汪地很费力气地说了两句话：

"我怕不能活了，我的腰部，我的肚肠，都被刘老太爷的伙计踢坏了……"

我母亲听了父亲的话，更大哭起来。很奇怪，在这个当儿，我并不哭，只呆呆地向着父亲的面孔望。我心里想着："我父亲与你有什么深仇大恨，你忍心下这般的毒手？哀告你不允，也就罢了，你为什么将他打到这个样子？唉！刘老太爷你是人，还是凶狠的野兽？是的！是的！我与你不共戴天，不共戴天！

"你有什么权力这样行凶作恶？我们是你的佃户，你是我们的主人？哼！这是什么道理呀？我们耕种土地，你坐享其成，并且硬逼迫我们饿死，将我们打死，陷我们于绝境……世界上难道再有比这种更为惨酷的事么？

"爸爸！你死在这种惨酷里，你是人间的不幸者——我将永远不能忘却这个，我一定要……爸爸呀！"

当时我想到这里，我的灵魂似觉已离开我原有的坐处。模模糊糊地我跑到厨房拿了一把菜刀，径自出了家门，向着刘家老楼行去。进了刘家老楼大门之后，我看见刘老太爷正在大厅与一般穿得很阔的人们吃酒谈笑，高兴得不亦乐乎。他那一副黑而恶的太岁面孔，表现出无涯际的得意的神情，那一般贵客都向他表示出十二分的敬礼。我见着这种状况，心内的火山破裂了，任你将太平洋的水全般倾泻来，也不能将它扑灭下去。我走向前向刘老太爷劈头一菜刀，将他头劈为两半，他的血即刻把我的两手染红了，并流了满地，满桌子，满酒杯里。他从椅子上倒下地来了，两手继续地乱抓；一般贵客都惊慌失色地跑了，有的竟骇得晕倒在地下。

大厅中所遗留的是死尸、血迹、狼藉的杯盘、一个染了两手鲜血的我。我对着一切狂笑，我得着了最后的胜利……

这是我当时的幻想。我可惜幻想不能成为事实，但是有时候幻想也能令人得到十分的愉快。在当时的幻想中，我似觉征服了一切，斩尽了所有的恶魔，恢复了人世间的光明。倘若事实能够与幻想相符合，幻想能够真成为事实，维嘉先生，你想想这是多么令人满意的事啊！

我很知道幻想对于失意人的趣味，一直到现在，我还未抛却爱幻想的习惯。倘若在事实上我们战不胜人，则我们在幻想中一定可以战胜人；倘若刘老太爷到现在还未被我杀却，但是在幻想中我久已把他杀却了。

我以为幻想是我们失意人之自慰的方法。

五

当晚我同母亲商议，老哭不能医好父亲的创伤，于是决定我第二
日清早到 J 镇上去请 K 医生。

父亲一夜并未说别的话，只是"哎哟！哎哟……"地哼；母亲坐
在床沿上守着他，只是为无声的暗泣。我一夜也没睡觉——这一夜我
完全消耗在幻想里。

第二日清早，我即到 J 镇上去请 K 医生。J 镇距我家有四五里之
遥，连请医生及走路，大约要一两个钟头。

维嘉先生！我真形容不出来人世间是如何的狠毒，人们的心是
如何的不测！在这一两个钟头之内，我父母双双地被迫着惨死——他
俩永远地变成黑暗的牺牲者，永远地含冤以终古！说起来，真令人
发指心碎啊！当时我还是一个小孩子，一点幼稚的心灵怎能经这般
无可比拟的刺激？我真不晓得为什么我没有疯癫，我还能一直活到
现在。

原来我去后不久，刘老太爷派一些伙计们到我家来挑课租。他们如狼似虎地拿着扁担稻箩跑到我家来，不问我家愿意与否，就下手向谷仓中量谷。我母亲起初只当他们是抢谷的强盗，后来才知道他们是刘老太爷的伙计。她本是一个弱女子，至此也忍不得不向他们大骂了。病在床上的父亲见着如此的情形，于是连气带痛，就大叫一声死去了——永远地死去了。母亲见着父亲死去，环顾室内的物品狼藉，以为没有再活着的兴趣，遂亦在父亲的面前用剪刀刺喉而自尽了。

当刘老太爷的伙计们挑谷出门，高唱快活山歌的时候，就是我父母双双惨死的时候。人世间的黑暗和狠毒，恐怕尽于此矣！

我好容易把医生请到了，实只望我父亲还有万一痊愈的希望。又谁知医生还未请到家，他已含冤地逝去；又谁知死了一个父亲还不算，我母亲又活活地被逼而自尽。唉！人世间的凄惨，难道还有过于这种现象的么？

我一进家门，就知道发生了事变。及到屋内见着了母亲的惨状，满地的血痕，我的眼一昏，心房一裂，就晕倒在地，失却了一切的知觉。此时同我一阵来我家的 K 医生，大约一见势头不好，即逃之夭夭了。

这是一场完全表现出人间黑暗的悲剧。

晕倒过后，我又慢慢地苏醒过来。一幅极凄惨的悲景又重展开在我的面前，我只有放声的痛哭。唉！人世间的黑暗，人们的狠毒，社会的不公平，公理的泯灭……

维嘉先生！请你想想我当时的情况是什么样子！一个十五六岁的小孩子，没有经验，少经世故，忽然遇着这么大的惨变，这是如何的沉痛啊！我现在想想，有时很奇怪，为什么我当时没有骇死，急死，或哭死。倘若我当时骇死，或急死，或哭死，倒也是一件对于我很幸的事情。说一句老实话，在现在的社会中，到处都是冷酷的，黑暗的，没有点儿仁爱和光明，实在没有活着做人的趣味。但是，维嘉先生，不幸到现在我还没有死，我还要在这种万恶的社会中生存着。万恶的社会所赐予我的痛苦和悲哀，维嘉先生，就是你那一支有天才的大笔，恐怕也不能描写出来万分之一啊！万恶的社会给予我的痛苦愈多，更把我的反抗性愈养成得坚硬了——我到现在还是一个飘泊的少年，一个至死不屈服于黑暗的少年。我将此生的生活完全贡献在奋斗的波浪中。

当时我眼睁睁地看着父母的死尸，简直无所措手足，不知怎么办才好。一个十五六岁的小孩子，遇着这种大惨变，当然是没有办法的。幸亏离我家不远的有一位邻家，当时邻家王老头子大约知道我家发生惨变，于是就拿着拐杖跑到我家看看到底是什么一回事。他一看见我家内的情形，不禁连哭带哼地说了一句：

"这是我们耕田的结果！……"

当时王老头子，他是一个很忠实的老农夫，指点我应当怎么办，怎么办。我就照着他老人家的指点，把几个穷亲戚、穷家族，请了来商量一商量。当时我的思想注重在报仇，要同刘老太爷到县内去打官司。大家都摇头说不行，不行：刘老太爷的势力浩大，本县县知事都怕他——每任县知事来上任时，一定先要拜访拜访他，不然，县知事就做不安稳，一个小百姓，况且又是他的佃户，如何能与他反抗呢？

"这也是命该的。"

"现在的世界，哪有我们穷人说理的地方！倒不如省一件事情，免去一次是非的好。里外我们穷人要忍耐一点。"

"汪中，你要放明白些，你如何是刘老太爷的对手？你的父母被他弄死，已经是很大的不幸，你千万再不要遭他的毒手了！"

"我的意思，不如碰他一下也好——"

"算了罢，我们现在先把丧事治好了要紧。"

"……"

大家七嘴八舌，谁也找不出一个办法。

维嘉先生！父母被人害了，而反无一点申诉的权利，人世间的黑暗难道还有过于此者？我一想起来现在社会的内情，有时不禁浑身发抖，战栗万状。倘若我们称现世界为兽的世界、吃人的世界，我想这并不能算过火。我们试一研究兽类的生活，恐怕黑暗的程度还不及人类啊！

结果，大家都主张不与刘老太爷打官司，我当时是一个小孩子，当然也不能有什么违拗。

于是，于是我的父母，我的可怜的父母，就白白地被刘老太爷逼死了！……何处是公理？何处是人道？维嘉先生！对于弱者，对于穷人，世界上没有什么公理和人道——这个我知道得很清楚，很详细，你大约不以为言之过火罢。唉！我真不愿意多说了，多说徒使我伤心啊！

六

　　丧事匆匆地办妥。有钱的人家当然要请和尚道士到家里念经超度，还要大开什么吊礼；但是，我家穷得吃的都没有，哪还有钱做这些面子？借贷罢，有谁个借给我们？——父母生前既是穷命，死后当然也得不着热闹。民国四年九月十五日，几个穷亲族冷清清地，静悄悄地，抬着两口白棺材，合埋在乱坟山的东南角。

　　于是黑暗的人间再没有他俩的影迹了——他俩从此抛却人间的一切，永远地，永远地脱离了一切痛苦……

　　维嘉先生，我飘泊的历史要从此开始了。父母在时，他俩虽是弱者，但对于我总是特加怜爱的，绝不轻易加我以虐待。他俩既死了，有谁个顾及一个零丁的孤子？有谁个不更加我以白眼呢？人们总是以势利为转移，惯会奉承强者，欺压弱者。维嘉先生！我又怎能脱离这弱者的遭遇呢？父母生前为人们所蹂躏，父母死后，一个孤苦的十五六岁的小孩子受人们的蹂躏更不足怪了！我成了一个孤苦而无人照顾的孩子。

伏着新坟痛哭，痛哭一至于无声无力而啜泣。热泪涌透了新坟，悲哀添加了夕阳的黯淡，天地入于凄凉的惨色。当时曾有谁个了解这一个十五六岁小孩子的心境，谁个与他表一点人类的同情，谁个与他一点痛苦中的安慰，谁个为他洒一点热泪呢？他愈悲哀则愈痛哭，愈痛哭则愈悲哀，他，他真是人世间不幸的代表了！

维嘉先生！你当然是很知道的，在现代的社会中，穷孩子，特别是无父母的穷孩子，是如何受人们的欺侮。回忆过去十年中的生活，我真是欲哭无泪，心神战栗。我真了解了穷孩子的命运！倘若这个命运是上帝所赐予的，那我就将世界的穷孩子召集在一起，就是不能将上帝——害人的恶物——打死，也要骂得他一个头昏目眩！人们或者说我是上帝的叛徒，是啊！是啊！我承认，我承认我是上帝的叛徒……

当晚从新坟回来之后，一个人——此时我家里只剩下我一个人了——睡在床上，又冷清，又沉寂，又悲哀，又凄惨，翻来覆去，总是不能入梦。想想这里，想想那里，想想过去，想想将来，不知怎么办才好。继续读书罢，当然是没有希望了。耕田罢，我年纪轻了，不行。帮人家放牛罢，喂，又要不知如何受主人的虐待。投靠亲族罢，喂，哪个愿意管我的事？自杀罢，这个，恐怕不十分大好受。那末，到底怎么办呢？走什么路？向何处去？到处都不认识我，到处都没有我的骨肉，我，我一个小孩子怎么办呢？

维嘉先生！我当时胡思乱想的结果，得着了一条路，决定向着这一条路上走。你恐怕无论如何也猜不出这一条路是什么路。

我生性爱反抗，爱抱不平。我还记得我十三岁那一年，读《史记》读到朱家郭解传，不禁心神向往，慨然慕朱家郭解之为人。有一次先生问我："汪中！历史上的人物，据你所知道的，哪一个最令你钦佩些？”

"我所佩服的是朱家郭解一流人物。也许周公、孔子、庄周……及各代所谓忠臣义将有可令人崇拜的地方，但是他们对于我没有什么趣味。"我回答先生说。

"朱家郭解可佩服的在什么地方？"先生很惊异地又问我。

"他们是好汉，他们爱打抱不平，他们帮助弱者。先生！我不喜欢耀武扬威有权势的人们，我不明白为什么要尊敬圣贤，我专佩服为穷人出气的……"

我说到这里，先生睁着两只大眼向我看着，似觉很奇怪，很不高兴的样子。他半晌才向我哼了一句：

"非正道也！"

维嘉先生！也许我这个人的思想自小就入于邪道了，但是既入于邪道了，要想改入正道，也是一件很不容易的事情。我到现在总未做过改入正道的念头，大约将来也是要走邪道到底的。但是，维嘉先生！我现在很希望你不以为我是一个不走正道的人，你能了解我，原谅我。倘若你能与我表一点同情，则真是我的万幸了！

民国四年，我乡土匪蜂起，原因是年年天旱，民不聊生，一般胆大的穷人都入于土匪的队伍，一般胆小一点的穷人当然伏在家中挨饿。闻说离我家四十余里远有一桃林村，村为一群土匪百余人所盘踞。该一群土匪的头目名叫王大金刚，人家都说他是土匪头目中的英雄：他专门令手下的人抢掠富者，毫不骚扰贫民，并且有一些贫民赖着他的帮助，得以维持生活。他常常说："现在我们穷人的世界到了，谁个不愿意眼睁睁地饿死，就请同我一块儿来，我们同是人，同具一样的五官，同是一样地要吃，同是一样的肚皮，为什么我们就应当饿死，而有钱的人就应当快活享福呢？……"这一类的话是从别人口中传到我的耳里，无论确不真确，可是我当时甚为之所引动，就是到现在，我还时常想起这位土匪头目的话，我虽未见过他一面，但我总向他表示无限的敬意。喂！维嘉先生！我说到此处，你可是莫要害怕，莫要不高兴我崇拜土匪！我老实向你说，我从未把当土匪算为可耻的事情，我并且以为有许多土匪比所谓文质彬彬，或耀武扬威的大人先生们好得多！倘若你以为当土匪是可耻的，那末，请你把土匪的人格低于大人先生的人格之地方指示出来！我现在很可惜不能亲身与你对面讨论讨论这个问题。不过你是一个有反抗性的诗人，我相信你的见解不至于如一般市侩的一样。你的见解或同我的一样。喂！维嘉先生！我又高攀了。哈哈！

上边我说胡思乱想的结果，得着了一条路。维嘉先生！你现在大约猜着了这一条路是什么路罢？这一条路就是到桃林村去入伙当土匪。我想当土匪的原因：第一，我的身量也很长了，虽然才十六岁，但是已经有当土匪的资格了；第二，无路可走，不当土匪就要饿死；第三，王大金刚的为人做事，为我所敬仰，我以为他是英雄；第四，我父母白白地被刘老太爷害死，此仇不共戴天，焉可不报？我向王大金刚说明这种冤屈，或者他能派人来刘家老楼，把刘老太爷捉住杀死。有了这四种原因，我到桃林村入伙的念头就坚定了。

"到桃林村入伙去！"

打算了一夜，第二天清早我即检点一点东西随身带着，其余的我都不问了，任它丢也好，不丢也好。到桃林村的路，我虽未走过一次，但是听人说过，自以为也没甚大要紧。当我离开家门，走了几步向后望时，我的泪不觉涔涔地下了！

"从此时起，你已经不是我的家了！……父母生前劳苦的痕迹，我儿时的玩具，一切一切，我走后，你还能保存么？……此后我是一个天涯的孤子，飘泊的少年，到处是我的家，到处是我的寄宿地，我将为一无巢穴的小鸟……你屋前的杨柳啊！你为我摇动久悬的哀丝罢，你树上的雀鸟啊！你为我鸣唱飘泊的凄清罢！我去了……"

　　将好到桃林村的路，要经过乱坟山的东南角，我当时又伏在新坟上为一次辞别的痛哭。东方已经发白了。噪晓的鸟雀破了大地的沉寂，渐渐地又听着牧歌四起——这是助不幸者的痛苦呢，抑是为飘泊少年的临别赠语？维嘉先生！你想想我这时的心境是如何的悲哀啊！

　　"我亲爱的爸爸妈妈！我可怜的爸爸妈妈！你知道你俩的一个孤苦的儿子现在来与你俩辞别么？你俩的儿子现在来与你俩辞别，也许是这最后的……永远的……

　　"我亲爱的爸爸妈妈！我可怜的爸爸妈妈！也许这一去能够成全我的痴念，能够为你俩雪一雪不世的冤屈，也许你俩的敌人要死在我手里，也许仇人的头颅终久要贡献在你俩的墓前；也许……

　　"但是，我亲爱的爸爸妈妈！我可怜的爸爸妈妈！也许你俩的儿子一去不复还，也许你俩的儿子永远要飘流在海角天边，也许你俩的儿子永远再不来瞻拜墓前……

　　"……"

七

黑云渐渐密布起来了。天故意与半路的孤子为难也似的：起初秋风从远处吹来几点碎雨，以为还没有什么，总还可以走路的，谁知雨愈下愈大，愈下愈紧，把行路孤子的衣履打得透湿，一小包行李顿加了很大的重量。临行时忘却随身带一把伞，不但头被雨点打得晕了，就是两眼也被风雨吹打得难于展开。

"天哪！你为什么这么样与我为难呢？我是一个不幸的孤子，倘若你是有神智的，你就不应加我以这样的窘迫。

"这四周又没有人家，我将如何是好呢？我到何处去？……难道我今天就死于这风雨的中途么……可怜我的命运呀！

"天哪！你应睁一睁眼啊！……"

我辞别了父母之墓，就开步向桃林村进行。本来我家离桃林村不过四十余里之遥，半日尽可以到了，可是，一则我从未走过长路，出过远门，二则我身上又背着一小包行李，里边带着一点吃食的东西，虽然不大重，但对于我——一个十六岁的读书学生，的确是很重的了；因此，我走了半天，才走到二十多里路。路径又不熟，差不多见一个人问一个人，恐怕走错了路。临行时，慌里慌张地忘却带雨伞，当时绝未料及在路中会遇着大雨。谁知天老爷是穷人的对头，是不幸者的仇敌，在半路中竟鬼哭神号地下了大雨。维嘉先生！请你想一想我当时在半路中遇雨的情况是什么样子！我当时急得无法哭起来了。哭是不幸者陷于困难时的唯一表示悲哀的方法啊。

我正一步一步带走带哭的时候，忽听后面有脚步声，扑哧扑哧地踏着烂泥响。我正预备回头看的时候，忽听着我后边喊问一声："那前边走的是谁呀！请停一步……"听此一喊问，我就停着不动了。那人打着雨伞，快步走到我面前来，原来是一个五十余岁的、面貌很和善的老头儿。他即速把伞将我遮盖住，并表示一种很哀悯的情态。

"不幸的少先生！你到什么地方去呀？"

"我到桃林村去；不幸忘却带伞，现在遇着雨了。"

"我家离此已经不远了，你可以先到我家避一避雨，待天晴时，然后再走。你看好不好？"

"多谢你老人家的盛意！我自然是情愿的！"

我得着了救星，心中就如一大块石头落下去了。当时我就慢慢地跟着这一位老头儿走到他的家里来。可是，刚一到了他家之后，因为我浑身都淋湿了，如水公鸡也似的，无论如何，我是支持不住了：浑身冻得打战，牙齿嗑着嗒嗒地响。老头儿及他的老妻——也是一个很和善的老太婆——连忙将我衣服脱了，将我送上床躺着，用被盖着紧紧地，一面又烧起火来，替我烘衣服。可是我的头渐渐大起来了，浑身的热度渐渐膨胀起来了，神经渐渐失却知觉了——我就大病而特病起来了。我这一次病得确是非常严重，几乎把两位好意招待我的老人家急得要命。在病重时的过程中，我完全不知道我自己的状况及他俩老人家的焦急和忙碌；后来过了两天我病势减轻的时候，他俩老人家向我诉说我病中的情形，我才知道我几番濒于危境。我对于他俩老人家表示无限的感激。若以普通惯用的话来表示之，则真所谓"恩同再造"了。

我的病一天一天地渐渐好了，他俩老人家也渐渐放心起来。在病中，他俩老人家不愿同我多说话，恐怕多说话妨害我的病势。等到我的病快要好了的时候，他俩才渐渐同我谈话，询问我的名姓和家室，及去桃林村干什么事情。我悲哀地将我的家事及父母惨死的经过，一件一件向他俩诉说，他俩闻之，老人家心肠软，不禁替我流起老泪来了；我见着他俩流起泪来，我又不禁更伤心而痛哭了。

"你预备到桃林村去做什么呢？那里有你的亲戚或家门？……那里现在不大平安，顶好你莫要去，你是一个小孩子。"

问我为什么到桃林村去，这我真难以答应出来。我说我去找亲戚及家门罢，我那里本来没有什么亲戚和家门；我说我去入伙当土匪罢，喂，这怎能说出呢？说出来，恐怕要……不能说！不能说！我只得要向这俩老人家说谎话了。

"我有一位堂兄在桃林村耕田，现在我到他那儿去。老爹爹！你说那里现在不平安，到底因为什么不平安呢？莫不是那地方有强盗——"

"强盗可是没有了。那里现在驻扎着一连兵，这兵比强盗差不多，或者比强盗还要作恶些。一月前，不错，桃林村聚集了一窝强盗，可是这些强盗，他们并不十分扰害如我们这一般的穷人。现在这些官兵将他们打跑了，就在桃林村驻扎起来，抢掠不分贫富，弄得比土匪强盗还厉害！唉！现在的世界——"

我听老头儿说到这里，心里凉了半截。糟糕！入伙是不成的了，但是又到何处去呢？天哪！天哪！我只暗暗地叫苦。

"现在的世界，我老实对少先生说，真是弄到不成个样子！穷人简直不能过日子！我呢？少先生！你看这两间茅棚，数张破椅，几本旧书，其他什么东西都没有；一个二十余岁的儿子，没有法想，帮人家打长工；我在家教一个蒙馆以维持生活，我与老妻才不至于饿死；本来算是穷到地了！但是，就是这样的穷法，也时常要挨受许多的扰乱，不能安安地过日子。

"我教个小书，有许多人说我是隐士，悠然于世外。喂！我是隐士？倘若我有权力，不瞒少先生说，我一定要做一番澄清社会的事业。但是，这是妄想啊！我与老妻的生活都难维持，还谈到什么其他的事业。

"少先生！我最可惜我的一个可爱的儿子。他念了几年书，又纯洁，又忠实，又聪明，倘若他有机会读书，一定是很有希望的；但是，因为家境的逼迫，他不得已替人家做苦工，并且尝受尽了主人的牛马般的虐待。唉！说起来，真令人……"

老头儿说到此地，只是叹气，表现出无限的悲哀。我向他表示无限的同情，但是这种同情更增加我自身的悲哀。

王老头儿（后来我才晓得他姓王）的家庭，我仔细打量一番，觉着他们的布置上还有十分雅气，确是一个中国旧知识阶级的样子，但是，穷可穷到地了。我初进门时，未顾得看王老头儿的家庭状况，病中又不晓得打量，病好了才仔细看一番，才晓得住在什么人家的屋子里。

老夫妻俩侍候我又周到，又诚恳。王老头儿天天坐在榻前，东西南北，古往今来，说一些故事给我听，并告诉了我许多自己的经验，我因之得了不少的知识。迄今思之，那一对老人家的面貌，待我的情义，宛然尚在目前，宛然回旋于脑际。但是，他两还在人世么？

或者已经墓草蓬蓬，白骨枯朽了……

　　当时我病好了，势不能再常住在王老头儿夫妻的家里，虽然他俩没有逐客的表示，但是我怎忍多连累他俩老人家呢？于是我决定走了。临行的时候，王老头儿夫妻依依不舍，送一程又一程，我也未免又洒了几点泪。他俩问我到什么地方去，我含糊地答应：

　　"到……到城里去。"

　　其实，到什么地方去呢？维嘉先生！何处是不幸者的驻足地呢？我去了！但是到什么地方去呢？……

八

离了王老头儿家之后，我糊里糊涂走了几里路，心中本未决定到什么地方去。回家罢，我没有家了；到桃林村去罢，那里王大金刚已不在了，若被不讲理的官兵捉住，倒不是好玩的；到城里去罢，到城里去干什么呢？想来想去，无论如何想不出一条路。最后我决定到城里去，俟到城里后再作打算。我问清了路，就沿着大路进行。肩上背着一个小包裹带着点粮，还够两天多吃，一时还不至于闹饥饿。我预备两天即可到城里，到城里大约不至于饿死。

天已经渐渐黑了。夕阳慢慢地收起了自己的金影，乌鸦一群一群地飞归，并急噪着暮景。路上已没有了行人。四面一望，一无村庄，二无旅店——就是有旅店，我也不能进去住宿，住宿是要有钱才可以的，我哪有钱呢？不得已还是低着头往前走。走着，走着，忽看见道路右边隐隐约约似觉有座庙宇，俄而又听着撞钟的声音——叮当，叮当地响。我决定这是一座庙宇，于是就向着这座庙宇走去。庙宇的门已经闭了,我连敲几下,小和尚开门,问我干什么事,我将寻宿的意思告诉他。他问了老和尚的意思,老和尚说可以,就指定我在关帝大殿右方神龛下为我的宿处。大殿内没有灯烛,阴森森,黑漆漆地有鬼气,若是往常,你就打死我也不敢在这种地方歇宿,但是现在一则走累了,二则没有别的地方,只得将就睡去。初睡的时候,只听剌郎剌郎地响,似觉有鬼也似的,使我头发都竖了起来。但是因为走了一天的路,精神疲倦太甚,睡神终久得着胜利了。

第二天早晨,我正好梦方浓的时候,忽然有人把我摇醒了。我睁眼一看,原来一个胖大的和尚和一个清瘦的斯文先生立在我旁边,向我带疑带笑地看。

"天不早了,你可以醒醒了,这里非久睡之地。"胖和尚说。

"你倒像一个读书的学生,为什么这样狼狈,为什么一个人孤行呢?他的年纪还不大罢?"清瘦的斯文先生说。

我只得揉揉眼起来,向他们说一说我的身世,并说我现在成一个飘流的孤子,无亲可投,无家可归。至于想到桃林村入伙而未遂的话,当然没有向他们说。他俩听了我的话之后,似觉也表示很大的同情的样子。

"刘先生!这个小孩子,看来是很诚实的,我看你倒可以成全他一下。你来往斯文之门,出入翰墨之家,一个人未免有点孤单,不如把他收为弟子或作为书童,一方面侍候你,二方面为你的旅伴。你看好不好呢?"胖和尚向着清瘦的斯文先生说。

"可是可以的,他跟着我当然不会饿肚子,我也可以减少点劳苦。但不知他自己可愿意呢?"清瘦的斯文先生沉吟一下回答胖和尚说。

我听了胖和尚的话,又看看这位斯文先生的样子,我知道这位斯文先生是何等样的人了——他是一个川馆的先生。维嘉先生!川馆先生到处都有,我想你当然知道是干什么勾当的。当时我因为无法可想，反正无处去，遂决定照着胖和尚的话，拜他做老师，好跟着他东西南北鬼混。于是就满口应承，顺便向他磕一个头，就拜他为老师了。斯文先生喜欢得了不得，向胖和尚说了些感激成全的话。胖和尚分付小和尚替我们预备早饭，我就大大地饱吃了一顿。早饭之后，我们向胖和尚辞行，出了庙门；斯文先生所有的一切所谓文房四宝，装在一个长布袋里，我都替他背着。他在前头走，我在后头行。此后他到哪里，我也到哪里，今天到某秀才家里写几张字画，明天到某一个教书馆里谈论点风骚，倒也十分有趣。我跟着他跑了有四个多月的光景，在这四个月之中，我遇着许多有趣味的事情。我的老师——斯文先生——一笔字画的确不错，心中旧学问有没有，我就不敢说了。但我总非常鄙弃他的为人：他若遇着比自己强的人，就恭维夸拍得了不得；若遇着比自己差的人，就摆着大斯文的架子，那一种态度真是讨厌已极！一些教蒙馆的先生们，所怕的就是川馆先生，因为川馆先生可以捣乱，使他们的书教不成。有一些教蒙馆的先生们见着我们到了，真是战战兢兢，惶恐万状。我的这位老师故意难为他们，好借此敲他们的竹杠——他们一定要送我们川资。哈哈！维嘉先生！我现在想起来这些事情，真是要发笑了。中国的社会真是无奇不有啊！

　　倘若我的老师能够待我始终如一，能够不变做老师的态度，那末，或者我要多跟他一些时。但是他中途想出花头，变起卦来了。我跟他之后，前三个月内，他待我真是如弟子一般，自居于老师的地位；谁知到了最后一个多月，他的老师的态度渐渐变了；他渐渐同我说笑话，渐渐引诱我狎戏；我起初还不以为意，谁知我后来觉着不对了，我明白了他要干什么勾当——他要与我做那卑污无耻的事情……我既感觉着之后，每次夜里睡觉总下特别的戒备，虽然他说些调戏的话，我总不作声，总不回答他。他见我非常庄重，自己心中虽然非常着急，但未敢居然公开地向我要求，大约是不好意思罢。

有一晚，我们宿在一个小镇市上的客店里。吃晚饭时，他总是劝我喝酒，我被劝得无法可想，虽不会喝，但也只得喝两杯。喝了酒之后，我略有醉意，便昏昏地睡去。大约到十一二点钟的光景，忽然一个人把我紧紧地搂着，我从梦中惊骇得一跳，连忙喊问："是谁呀？是谁呀？""是我，是我，莫要喊！"我才知道搂我的人是我的老师。

"老师！老师！你怎么的了？你怎么……"

"不要紧，我的宝宝！我的肉！你允许我，我……"

"老师！这是什么话，这怎么能行呢！"

"不要紧，你莫要害怕！倘若你不允许我，我就要……"

他说着就要实行起来。我这时的羞忿，真是有地缝我都可以钻进去！但是，事已至此，怎么办呢？同他善说，教他把我放开罢，那是绝对没有效果的，幸亏我急中生出智来，想了一个脱逃的方法。

"好！老师！我顺从你，我一定顺从你。不过现在我要大便，等我大便后，我们再痛痛快快地……你看好不好？"

"好！好！快一点！"

他听到我顺从他的话，高兴得了不得，向我亲几个嘴，就把我放开了，我起来慌忙将上下衣服穿上，将店门开开，此时正是三月十六，天还有月亮，我一点什么东西都没带，一股气跑了五六里。我气喘喘地坐在路旁边一块被露水浸湿的石头上休息一下。自己一个孤凄凄地坐着，越想越觉着羞辱，越想越发生愤恨，我不禁又放声痛哭了。

"天哪！这真是孤子的命运啊！

"我的爸爸！我的妈妈！你俩可知你俩所遗留下来的一个苦儿今天受这般的羞辱么？

"唉！人们的兽行……"

当时我真悲哀到不可言状！我觉着到处都是欺侮我的人，到处都是人面的禽兽……能照顾我的或者只有这中天无疵瑕的明月，能与我表同情的或者只有这道旁青草内的虫声，能与我为伴侣的或者只有这永不与我隔离的瘦影。

九

　　自从那一夜从客店跑出之后，孑然一身，无以为生，环顾四周，无所驻足。我虽几番欲行自杀的短见，但是求生之念终战胜了求死之心。既然生着，就要吃饭，我因此又过了几个月乞儿的生活。今日破庙藏身，明夜林中歇宿，受尽了风雨的欺凌，忍足了人们的讥笑。在这几个月中，从没吃过一顿热腾腾的白饭，喝过一碗干净净的清茶。衣服弄得七窟八眼，几几乎把屁股都掩盖不住。面貌弄得瘦黑已极，每一临水自照，喂，自己不禁疑惑自己已入鬼籍了。维嘉先生！我现在很奇怪我居然没有被这种乞儿的生活糟蹋死！每一想起当年过乞儿生活的情形，不禁又要战栗起来。好在因为有了几个月乞儿的经验，我深知道乞儿的生活是如何的痛苦，乞儿的心灵是如何的悲哀，乞儿的命运是如何的不幸……

　　维嘉先生！人一到穷了，什么东西都要欺侮他。即如狗罢，它是被人豢养的东西，照理是不应噬人的，但是它对于叫化子可以说种下了不世的深仇，它专门虐待叫化子。有一次我到一个村庄去讨饭，不料刚一到该村庄的大门口，轰隆一声，从门口跑出几只大狗来，把我团团地围住，恶狠狠地就同要吃我也似的，真是把我骇得魂不附体！我喊着喊着，忽然一条黑狗呼地向我腿肚子就是一下，把我腿肚子咬得两个大洞，鲜血直流不止。幸亏这时从门内出来了一个十六七岁的小姑娘，她把一群恶兽叱开，我才能脱除危险，不然，我一定要被它们咬死了。小姑娘看着我很可怜的，就把我领到屋里，把母亲喊出来，用药把我的伤包好，并给了我一顿饭吃。

维嘉先生！到现在我这腿肚上被狗咬的伤痕还在呢。这是我永远的纪念，这是不幸者永远的纪念……

叫化子不做贼，也是没有的事情。维嘉先生！倘若你是叫化子，终日讨不到饭吃，同时肚子里饿得咕里咕里地响，你一定要发生偷的念头，那时你才晓得做贼是不得已的，是无可奈何的。但是没有饿过肚子的人，不知饿肚子的苦楚，一定要说做贼是违法的，做贼是不道德的——叫化子做贼，叫化子就是最讨厌的东西。

有一天，半天多没有讨到饭吃，肚子实在饿得难过；我恰好走到一块瓜田里，那西瓜和甜瓜一个一个的都成熟了，我的涎水不觉下滴，我的肚子一定要逼迫我的手摘一个来吃。当伸手摘瓜的时候，我心里的确是害怕：倘若被瓜主人看见了，我一定不免要受一顿好打。但是肚子的权威把害怕的心思压下去了，于是我就偷摘了一个甜瓜和一个西瓜。我刚刚将瓜摘到手里，瓜棚子里就跑出来了两个人，大声喊着：

"你还不把瓜放下！你这小子胆敢来偷我们的瓜呀！你大约不要命了，今天我们给你一个教训……"

他俩喊着喊着就来捉我，我丢了瓜就跑，可是因为肚子太空了，没有点儿力气跑，我终被捉住，挨了一次痛打。维嘉先生！偷两个瓜算什么，其罪就值得挨一次痛打么？为什么肚子饿了，没有吃瓜的权利？为什么瓜放在田里，而不让饿肚子的人吃？为什么瓜主人有打偷瓜人的权利？维嘉先生！你可以回答我的这些问题么？

我在乞儿生活上所受的痛苦太多了，现在我不愿一件一件地向你说，空费了你的时间。人世间不幸的真相，我算深深地感觉，深深地了解了。我现在坐在这旅舍的一间房里，回忆过去当乞儿的生活，想象现在一般乞儿的情况，我的心灵深处不禁起伏着无限的悲哀。维嘉先生！哪一个是与我这种悲哀共鸣的人呢？

请君一走到街里巷间，看一看那囚首丧面、衣衫褴褛的乞儿——他们代表世界的悲哀，人间的不幸。你且莫以为这是不必注意的事，他们是人类遗弃的分子！

人总还是人啊！他们的悲哀与不幸，什么时候才能捐除呢？他们什么时候才能进入快乐和幸福的领域？倘若人间一日有它们的存在，我以为总不是光明的人世！或者有一些人们以为现在所存在的一切，是很可以令人满意的了，不必再求其他；我以为这些人们的生活状况、知识和经验，大约是不允许他们明白我所说的事情，或者他们永远不愿意明白……

维嘉先生！我写到这里，我又怕起来了，怕你厌烦我尽说这一类的话。但是，维嘉先生，请你原谅我，请你原谅我不是故意地向你这般说——我的心灵逼迫我要向你这样叨叨絮絮地说。或者你已经厌烦了，但是，我还请你忍耐一下，继续听我的诉说。

一〇

　　H 城为皖北一个大商埠，这地方虽没有 W 埠的繁盛，但在政治文化方面，或较 W 埠为重要。军阀、官僚、政客，为 H 城的特产，中国无论哪一处，差不多都没有此地产的多——这大约因为历史的关系。维嘉先生！你大约知道借外兵打平太平天国的李大将军、开鱼行的王老板、持斋念佛的段执政……这些有名的人物罢？这些有名人物的生长地就是 H 城。

　　这是闲话，现在且向你说我的正事。

　　我过着讨饭的生活，不知不觉地飘流到 H 城里来。在城里乞讨总是给铜钱——光绪通宝——的多，而给饭的少。在乡间乞讨就不一样了，大概总是给米或剩饭，差不多没有给钱的。在城里乞讨有一种好处，就是没有狗的危险。城里的狗固然是有，但对于叫化子的注意，不如乡间狗对于叫化子注意的狠。这是我的经验。

　　一日，我讨到一家杂货店叫瑞福祥的，门口立着一个五十几岁的胡子老头儿，他对我仔细地看一看，问我说：

"你今年多大年纪了？年轻轻的什么事不能做，为什么一定要讨饭呢？你姓什么？是哪里人氏？"

我听了他的话，不禁悲从中来，涔涔地流下了泪。"年轻轻的什么事不能做，为什么一定要讨饭呢？"这句话真教我伤心极了！我是因为不愿意做事而讨饭么？我做什么事情？谁个给我事情做？谁个迫我过讨饭的生活？我愿意因讨饭而忍受人们的讥笑么？我年轻轻的愿意讨饭？我年轻轻的居然讨饭，居然受人们的讥笑……哎哟！我无涯际的悲哀向谁告诉呢？天哪！唉！……

老头儿见我哭起来了，就很惊异，便又问道：

"你哭什么呢？有什么伤心事？何妨向我说一说呢？"

我就一五一十地又向他述了我的身世及迫而讨饭的原因。我这样并不希望他能怜悯我，搭救我，不过因为心中悲哀极了，总是想吐露一下，无论他能了解和表同情与否，那都不是我所顾到的。并且我从来就深信，要想有钱的人怜悯穷人，表同情于穷人——这大半是幻想，是没有结果的幻想。也许世界上有几个大慈大悲的慈善家，但是，我对于他们是没有希望的。维嘉先生！这或者是我的偏见，但是，这偏见是有来由的。

老头儿听了我的话，知道我是一个学生，又见我很诚实，遂向我提议，教我在他柜上当学徒。他说，他柜上还可以用一个人，倘若我愿意，他可以把我留下学生意，免得受飘零的痛苦。他并说，除了吃穿而外，他还可以给我一点零用钱。他又说，倘若我能忠心地做事，诚实地学好，他一定要提拔我。他还说其他一些别的好话头……我本知道当学徒也不是容易的事情，或者竟没过乞儿生活的自由，但是因过乞儿生活所受的痛苦太多了，也只得决定听老头儿的话，尝一尝当学徒的滋味。于是我从乞儿一变而为学徒了。

这是八月间的事。

老头儿姓刘，名静斋，这个杂货店就是他开的。杂货店的生意，比较起来，在 H 城里可以算为中等，还很兴盛。柜上原有伙友两位，加上我一个，就成为三个人了。可是我是学徒，他俩比我高一级，有命令使唤我的权利。有一个姓王的，他为人很和善，待我还不错；可是有一个姓刘的——店主人的本家——坏极了！他的架子，或者可以说比省长总长的架子都要大，他对我的态度非常坏，我有点不好，他就说些讥笑话，或加以责骂——我与他共了两年事，忍受了他的欺侮可真不少！但是怎么办呢？他比我高一层，他是掌柜先生，我是学徒……

维嘉先生！学徒的生活，你大约是晓得的。学徒第一年的光阴差不多不在柜上做事情，尽消磨在拿烟倒茶和扫地下门的里面。学徒应比掌柜的起来要早，因为要下门扫地，整理一切秩序。客人来了，学徒丝毫不敢怠慢，连忙同接到天神的样子，恭恭敬敬地拿烟倒茶，两只手儿小心了又小心，谨慎了又谨慎，生怕有什么疏忽的地方。掌柜先生对待学徒，就同学徒比他小几辈的样子。主人好的时候，那时还勉强可以；倘若主人的脾气也不好的时候，那时就叫着活要命，没有点儿舒服的机会。我的主人，说一句实在话，待我总算还不错，没有什么过于苛待的地方。

总共我在瑞福祥当了两年学徒，这两年学徒的生活，比较起来，当然比乞儿的生活好得多。第一，肚子不会忍饿；第二，不受狗的欺侮；第三，少受风雨的逼迫。有闲工夫时，我还可以看看书，写写字，学问上还有点长进。自然我当时所看的书，都只限于旧书，而没有得到新书的机会。

在两年学徒的生活中，我又感觉得商人的道德，无论如何，是不会好的——商业的本身不会使商人有好的道德。商人的目的当然是要赚钱，要在货物上得到利润，若不能得到利润，则商业就没有存在的可能。因为要赚钱，则凡可以赚钱的方法和手段，当然都是要尽量利用的；到要利用狡狯的方法和手段来赚钱，那还说到什么道德呢？

有一次，一个乡下人到我们店里来买布，大约是替姑娘办嫁妆。他向我们说，他要买最好的花洋标；我们的刘掌柜的拿这匹给他看，他说不合式，拿那匹给他看，他说也不好；结果，给他看完了，总没有一匹合他的意。我们的刘掌柜的急得没法，于是向他说，教他等一等；刘掌柜到后边将给他看过的一匹花洋标，好好用贵重的纸包将起来，郑重其事地拿出来给乡下人看，并对乡下人道：

"比这一匹再好的，无论你到什么地方去，你也找不出来。这种花洋标是美国货，我们亲自从上海运来的。不过价钱要贵得多，恐怕你不愿出这种高价钱……"

乡下人将这匹用好纸包着的花洋标看了又看，摸了又摸，似觉很喜欢的样子，连忙说道：

"这匹东西好，东西不错！为什么你早不拿出来呢？我既然来买货，难道我还怕价钱高么？现在就是这一匹罢，请先生替我好好地包起来，使我在路上不致弄皱了才好！"

我在旁边看着，几几乎要笑起来了。但是，我终把笑忍在肚子里，不敢笑将出来；倘若把这套把戏笑穿了，我可负不起责任。

维嘉先生！像这种事情多得很呢！我们把这种事情当作笑话看，未始不可；但是，从此我们可以看出商业是什么东西，商人的道德是如何了。

普通学徒都是三年毕业，或者说出师，为什么我上面说我只过两年学徒的生活呢？维嘉先生！你必定要发生这种疑问，现在请你听我道来。

一一

　　维嘉先生！我此生只有一次的恋爱史，然就此一次恋爱史，已经将我的心灵深处，深深地刻下了一块伤痕。这一块伤痕到现在还未愈，就是到将来也不能愈，它恐怕将与吾生并没了！我不爱听人家谈论恋爱的事情，更不愿想到恋爱两个字上去。但是每遇明月深宵，我不禁要向嫦娥悲唏，对花影流泪；她——我的可爱的她，我的可怜的她，我的不幸的她，永远地，永远地辗转在我的心头，往来在我的脑里。她的貌，她的才，当然不能使我忘却她，但是，我所以永远地不能忘却她，还不是因为她貌的美丽和才的秀绝，而是因为她是我唯一的知己，唯一的了解我的人。自然，我此生能得着一个真正的女性的知己，固然可以自豪了，固然可以自慰了；但是我也就因此抱着无涯际的悲哀，海一般深的沉痛！维嘉先生！说到此，我的悲哀的热泪不禁涔涔地流，我的刻上伤痕的心灵不禁摇摇地颤动……

　　刘静斋——我的主人——有一子一女。当我离开 H 城那一年，子九岁，还在国民小学读书；女已十八岁了，在县立女校快要毕业。这个十八岁的女郎就是我的可爱的她，我的可怜的她，我的不幸的她。或者我辜负她了，或者我连累她了，或者她的死是我的罪过；但是，我想，她或者不至于怨我，她或者到最后的一刻还是爱我，还是悬念着这个飘泊的我。哎哟！我的妹妹！我的亲爱的妹妹！你虽然为我而死，但是，我记得，我永远地为你流泪，永远地为你悲哀……一直到我最后的一刻！

她是一个极庄重而又温和的女郎。当我初到她家的时候，她知道我是一个飘泊的孤子，心里就很怜悯我，间接地照顾我的地方很多——这件事情到后来我才知道。她虽在学校读书，但是在家中住宿的，因此她早晚都要经过店门。当时，我只暗地佩服她态度的从容和容貌的秀美，但绝没有过妄想——穷小子怎敢生什么妄想呢？我连恋爱的梦也没做过——穷小子当然不会做恋爱的梦。

渐渐地我与她当然是很熟悉了。我称呼她过几次"小姐"。

有一次我坐在柜台里边，没有事情做，忽然觉着有动于中，提笔写了一首旧诗：

此身飘泊竟何之？人世艰辛我尽知。闲对菊花流热泪，秋风吹向海天陲。

诗写好了，我自己念了几遍。恰好她这时从内庭出来，向柜上拿写字纸和墨水；我见她来了，连忙将诗掩住，问她要什么，我好替她拿。她看我把诗掩了，就追问我：

"汪中！你写的是什么？为什么这样怕人看？"

"小姐，没有什么；我随便顺口诌几句，小姐，没有什么……"我脸红着向她说。

"你顺口诌的什么？请拿给我看看，不要紧！"

"小姐！你真要看，我就给你看，不过请小姐莫要见笑！"

　　我于是就把我的诗给她看了。她重复地看了几遍，最后脸红了一下，说道：

　　"诗作得好，诗作得好！悲哀深矣！我不料你居然能——"

　　她说到此很注意地看我一下，又低下了头，似觉想什么也似的。最后，她教我此后别要再称呼她为小姐了；她说她的名字叫玉梅，此后我应称呼她的名字；她说她很爱作诗，希望我往后要多作些，她说我的诗格不俗；她又说一些别的话。维嘉先生！从这一次起，我对于她忽然起了很深的感觉——我感觉她是一个能了解我的人，是一个向我表示同情的人，是我将来的……

　　我与她虽然天天见面，但是谈话的机会少，谈深情话的机会更少。她父亲的家规极严，我到内庭的时候少；又更加之口目繁多，她固然不方便与我多说话，我又怎敢与她多亲近呢？最可恨是刘掌柜的，他似觉步步地监视我，似觉恐怕我与她发生什么关系。其实，这些事情与他什么相关呢？他偏偏要问，偏偏要干涉，这真是怪事了！

　　但是，倘若如此下去，我俩不说话，怎么能发生恋爱的关系呢？我俩虽然都感觉不能直接说话的痛苦，但是，我俩可以利用间接说话的方法——写信。她的一个九岁的小弟弟就是我俩的传书人，无异做我俩的红娘了。小孩子将信传来传去，并不自知是什么一回事，但是，我俩借此可以交通自己的情怀，互告中心的衷曲——她居然成了我唯一的知己，穷途的安慰者。我俩私下写的信非常之多，作的诗也不少；我现在恨没有将这些东西留下——当时不敢留下，不然，我时常拿出看看，或者可以得到很多的安慰。我现在所有的，仅仅是她临死前的一封信——一封悲哀的信。维嘉先生！现在我将这一封信抄给你看看，但是，拿笔来抄时，我的泪，我的悲哀的泪，不禁如潮一般地流了。

亲爱的中哥！

我现在病了。病的原因你知道么？或者你知道，或者你也不知道。医生说我重伤风，我的父母以为我对于自己的身体太不谨慎，一般与我亲近的人们都替我焦急。但是，谁个知道我的病源呢？只有我自己知道，只有我自己知道我为什么病，但是，我没有勇气说，就是说出也要惹一般人的讥笑耻骂——因此，我绝对不说了，我绝对不愿意说了。

我真不明白，为什么人们爱做勉强的事情。我的父母并不是不知道我不愿意与王姓子订婚，但是，他俩居然与我代订了。现在听说王姓今天一封信，明天也是一封信，屡次催早日成结婚礼，这不是催早日成结婚礼，这是催我的命！我是一个弱者，我不敢逃跑，除了死，恐怕没有解救我的方法了！

中哥！我对于你的态度，你当然是晓得的：我久已认定你是我的伴侣，你是唯一可以爱我的人。你当然没有那王姓子的尊贵，但是，你的人格比他高出万倍，你的风度为他十个王姓子的所不及……中哥！我亲爱的中哥！我爱你！我爱你！……

但是，我是一个弱者，我不能将我对于你的爱成全起来；你又是一个不幸者，你也没有成全我俩爱情的能力。同时，王姓总是催，催，催……我只得病，我只有走入死之一途。我床前的药——可惜你不能来看——一样一样地摆满了。但是它们能治好我的病么？我绝对不吃，吃徒以苦人耳！

中哥！这一封信恐怕是最后的一封信了！你本来是一个不幸者，请你切莫要为我多伤心，切莫要为我多流泪！倘若我真死了，倘若我能埋在你可以到的地方，请你到我的墓前把我俩生前所唱和的诗多咏诵两首，请你将山花多采几朵插在我的坟顶上，请你抚着我的坟多接几个吻，但是，你本来是一个不幸者，请你切莫要为我多伤心，切莫要为我多流泪！

中哥！我亲爱的中哥！我本来想同你多说几句话，但是我的腕力已经不允许我多写了！中哥！我亲爱的中哥！……

妹玉梅临死前的话

维嘉先生！这一封信的每一个字是一滴泪，一点血，含蓄着人生无涯际的悲哀，我不忍重读这一封信，但是，我又怎么能够不重读呢？重读时，我的心灵的伤处只是万次千番地破裂着……

一二

　　我接了玉梅诀别的信之后，不知道如何处置是好。难道我能看着我的爱人死么？难道只报之以哭么？

　　玉梅是为着我而病的，我一定要设法救她；我一定要使我的爱人能做如愿以偿的事情；我一定使她脱离王姓魔鬼的羁绊；啊，倘若我不能这样做，则枉为一个人了，则我成为一个负情的人了！我一定……

　　王氏子是一个什么东西？他配来占领我的爱人？他配享受这种样子的女子——我的玉梅？我哪一件事情不如他？我的人格，我的性情，我的知识，我的思想……比他差了一点么？为什么我没有权利来要求玉梅的父母，使他们允许我同玉梅订婚？倘若我同玉梅订了婚，则玉梅的病岂不即刻就好了么？为父母的难道不愿意子女活着，而硬迫之走入死路么？倘若我去要求，或者，这件事——

　　喂！不成！我的家在什么地方？我的财产在什么地方？我现在所

处的是什么地位？我是一个飘泊的孤子，一个寄人篱下的学徒，我哪有权利向玉梅的父母要求呢？听说王氏子的父亲做的是大官，有的是田地金钱，所以玉梅的父母才将自己的女儿许他；而我是一个受人白眼的穷小子，怎能生这种妄想呢？况且婚约已经订了，解约是不容易的事，就是玉梅的父母愿意将玉梅允许我，可是王姓如何会答应呢？不成！不成！

但是，玉梅是爱我的，玉梅是我的爱人！我能看着她死么？我能让她就活活地被牺牲了么？……

我想来想去，一夜没曾睡眠；只是翻来覆去，伏着枕哭。第二天清早起来，我大着胆子走向玉梅的父母的寝室门外，恰好刘静斋已经起床了。他向我惊异地看了一下，问我为什么这末样儿大清早起来找他，于是我也顾不得一切了，将我与玉梅的经过及她现在生病的原因，详详细细一五一十地告诉了他。他听了我的话后，颜色一变，又将我仔细浑身上下看了一下，只哼了一声，其外什么话也没说。我看着这种情形，知道十分有九分九不大妥当，于是不敢多说，回头出来，仍照常执行下门扫地的事情。

这一天晚上，刘静斋——玉梅的父亲——把我叫到面前，向我说了几句话：

"汪中，你在我这里已经两年了，生意的门道已经学得个大概；我以为你可以再往别处去，好发展发展。我这里现下用人太多，而生意又不大好，不能维持下去，因此我写了一封介绍信，将你介绍到 W 埠去，那里有我的一个朋友开洋货店，他可以收容你。你明天就可以动身，这里有大洋八元，你可以拿去做盘费。"

刘静斋向我说了这几句后，将八元大洋交给我，转身就走了。我此时的心情，维嘉先生，你说是如何的难受啊！我本知道这是什么一回事——刘静斋辞退我，并不是因为什么生意不好，并不是因为要我什么发展，乃是因为我与他的女儿有这末一层的关系。这也难怪他——他的地位、名誉、信用……比他女儿的性命更要紧些，他怎么能允许我的要求，成全女儿的愿望呢？

这区区的八元钱就能打发我离开此地么？玉梅的命，我对于玉梅的爱情，我与玉梅的一切，你这八元钱就能驱散而歼灭了么？喂！你这魔鬼，你这残忍的东西，你这世界上一切黑暗的造成者啊！你的罪恶比海还深，比山岳还高，比热火还烈！玉梅若不是你，她的父母为什么将她许与王姓子？我若不是你，我怎么会无权利要求刘静斋将自己的女儿允许我？玉梅何得至于病？我何得至于飘流？我又何得活活看着自己的爱人走入死路，而不能救呢？喂！你这魔鬼，你这残忍的东西，你这世界上一切黑暗的造成者啊！……

我将八元钱拿在手里，仔细地呆看了一忽，似乎要看出它的魔力到底在什么地方藏着。本欲把它摔去不要了，可是逐客令既下，势不得不走；走而无路费，又要不知将受若何的蹂躏和痛苦；没法，只得含着泪将它放在袋里，为到 W 埠的路费。

我走了倒无甚要紧，但是玉梅的病将如何呢？我要走的消息，她晓得了么？倘若她晓得，又是如何地伤心，怕不又增加了病势？我俩的关系就如此了结了么？

玉梅妹啊！倘若我能到你的床沿，看一看你的病状，握一握你那病而瘦削的手，吻一吻你那病而颤动的唇，并且向你大哭一场，然后才离开你，才离开此地，则我的憾恨也许可以减少万分之一！但是，我现在离开你，连你的面都不能一见，而况接吻，握手，大哭……唉！玉梅妹啊！你为着我病，我的心也为你碎了，我的肠也为你断了！倘若所谓阴间世界是有的，我大约也是不能长久于人世，到九泉下我俩才填一填今生的恨壑罢！

这一夜的时间，维嘉先生，纵我不向你说，你也知道是如何的难过。一夜过了，第二天清早我含着泪将行李打好，向众辞一辞行，于是就走出 H 城，在郊外寻一棵树底下坐一忽。我决定暂时不离开 H 城，一定要暗地打听玉梅的消息：倘若她的病好了，则我可以放心离开 H 城；倘若她真有不幸，则我也可以到她的墓地痛哭一番，以报答她生前爱我的情意。于是我找了一座破庙，作为临时的驻足地。到晚上我略改一改装，走向瑞福祥附近，看看动静，打听玉梅的消息。维嘉先生！谁知玉梅就在此时死了！棺材刚从大门口抬进去，念经的道士也请到了，刘家甚为忙碌。我本欲跑将进去，抱着玉梅的尸痛哭一番，但是，这件事情刘家能允许么？社会能答应么？唉！我只有哭，我只有回到破庙里独自一个人哭！

第三日，我打听得玉梅埋在什么地方。日里我在野外采集了许多花草，将它们做成了一个花圈；晚上将花圈拿在手里，一个人孤悄悄地走向玉梅棺墓安置的地方来。明月已经升得很高了，它的柔光似觉故意照着伤心人抚着新坟哭。维嘉先生！我这一次的痛哭，与我从前在父母坟前的痛哭，对象虽然不一样，而悲哀的程度，则是一样的啊！我哭着哭着，不觉成了一首哀歌——这一首哀歌一直到现在，每当花晨月夕，孤寂无聊的时候，我还不断地歌着：

> 前年秋风起兮我来时，
> 今年黄花开兮卿死去。
> 鸳鸯有意成双飞，
> 风雨无情故折翼。
> 吁嗟乎！玉梅妹！
> 你今死，
> 为何死？
> 江河有尽恨无底。

天涯飘泊我是一孤子，

妆阁深沉你是一淑女；

只因柔意怜穷途，

遂把温情将我许。

吁嗟乎！玉梅妹！

你今死，

为何死？

自伤身世痛哭你！

谨将草花几朵供灵前，

谨将热泪三升酬知己。

此别萍踪无定处，

他年何时来哭你？

吁嗟乎！玉梅妹！

你今死，

为何死？

月照新坟倍惨凄！

一二

一三

巢湖为安徽之一大湖，由 H 城乘小火轮可直达 W 埠，需时不过
一日。自从出了玉梅的家之后，我又陷于无地可归的状况。刘静斋
替我写了一封介绍信，教我到 W 埠去；若我不照他的话做罢，则势
必又要过乞儿的生活。无奈何，少不得要拿着信到 W 埠去走一趟。
此外实没有路可走。

我坐在三等舱位——所谓烟篷下。坐客们——老的，少的，男的，
女的，甚为拥挤；有的坐着打瞌睡，一声儿不响；有的晕船，呕吐
起来了；有的含着烟袋，相对着东西南北地谈天。他们各人有各人
的心思，各人有各人的境遇，但总没有比我再苦的，再不幸的罢。
人群中的我，也就如这湖水上被秋风吹落的一片飘浮的落叶；落叶
飘浮到什么地方，就是什么地方，我难道与它有两样的么？

这一天的风特别大，波浪掀涌得很高，船乱摇着，我几乎也要呕
吐起来。若是这一次的船被风浪打翻了，维嘉先生，则我现在可无
机会来与你写这一封长信，我的飘泊的历史可要减少了一段；我也

59

就要少尝些社会所赐给我的痛苦。但是，维嘉先生，这一次船终没被风浪所打翻，也就如我终未为恶社会所磨死；这是幸福呢，还是灾祸呢？维嘉先生！你将何以教我？

船抵岸了，时已万家灯火。W 埠是我的陌生地，而且又很大，在晚上的确很难将刘静斋所介绍的洋货店找着，不得已权找一家小旅馆住一夜，第二日再打算。一个人孤寂寂地住在一间小房间内，明月从窗外偷窥，似觉侦察飘泊的少年有何种的举动，我想想父母的惨死，乞讨生活的痛苦，玉梅待我的真情，玉梅的忧伤致死，我此后又不知将如何度过命运……我想起了一切，热泪又不禁从眼眶中涌出来了。我本不会饮酒，但此时没有解悲哀的方法，只有酒可以给我一时的慰藉；于是我叫茶房买半斤酒及一点饮酒的小菜——我就沉沉地走入醉乡里去。

第二日清早将房钱付了，手提着小包儿，顺着大街，按着介绍信封面上所写的地址找；好在 W 埠有一条十里大街，一切大生意，大洋货店，都在这一个长街上，比较容易找着。没有两点钟，我即找到了我所要找到的洋货店——陶永泰祥字号。

这一家洋货店，在 W 埠算是很大的了；柜上所用的伙友很多。我也不知道哪一个是主人，将信呈交到柜上，也不说别的话。一个三十几岁的矮胖子，从椅子上站起来，将信拆开看了一遍。维嘉先生！你知道这个看信的是谁？他是我将来的东家，他是洋货店的主人，他是你当学生会长那一年，要雇流氓暗杀学生，尤其要暗杀你的陶永清。维嘉先生！你还记不记得你从前当学生会长时代的生活呢？你知不知道现在提笔写长信给你的人，就是当年报告陶永清及其他商人要暗杀你们学生的人呢？说起往事来，维嘉先生，你或者也发生兴趣听啊！

陶永清问明我的身世，就将我留在柜上当二等小伙友。从此，我又在 W 埠过了两年的生活。这两年小伙友的生活，维嘉先生，没有详细告诉你的必要。总之，反正没有好的幸福到我的命运上来：一切伙友总是欺压我，把我不放在眼里，有事总摊我多做些；我忍着气，不愿与他们计较，但是我心里却甚为骄傲，把他们当成一群无知识的猪羊看待，虽然表面上也恭敬他们。

当时你在《皖江新潮》几几乎天天发表文章，专门提倡新文化，反对旧思想：我恰好爱看《皖江新潮》，尤其爱看你的文章，因之，你的名字就深印在我的脑际了。我总想找你谈话，但因为我们当伙友的一天忙到晚，简直没有点闲工夫；就是礼拜日，我们当伙友的也没有休息的机会，所以找你谈话一层，终成为不可能的妄想了。有几次我想写信请你到我们的店里来，可是也没有写；伙友伏在柜台上应注意买货的客人，招待照顾生意的顾主，哪里有与他人谈话的机会？况且你当时的事情很忙，又加之是一个素不知名的我写信给你，当然是不会到我的店里来的。

一日，我因为有点事情没有做得好，大受东家及伙友们的责备，说我如何如何地不行；到晚上临睡的时候，我越想越生气，我越想越悲哀，不禁伏枕痛哭了一场。自叹一个无家的孤子，不得已寄人篱下，动不动就要受他人的呵责和欺侮，想来是何等的委屈！一天到晚替东家忙，替东家赚钱，自己不过得一个温饱而已；东家连一点同情心都没有，无异将我如牛马一般的看待，这是何等的不平啊！尤可恨的，有几个同事的伙友，不知道为什么，故意帮助东家说我的坏话，而完全置同事间的情谊于不顾。喂！卑贱！狗肺！没有良心！想得着东家的欢心，而图顾全饭碗么？唉！无耻……你们也如我一样啊！空替东家拼命地赚钱，空牛马似的效忠于东家！你们不受东家的虐待么？你们不受东家的剥削么？何苦与我这弱者为难啊？何苦，何苦……

　　这时我的愤火如火山也似的爆裂着，我的冤屈真是如太平洋的波浪鼓荡着，而找不出一个发泄的地方！翻来覆去，无论如何，总是睡不着。阶前的秋虫只是唧唧地叫，一声一声地真叫得我的肠寸寸断了。人当悲哀的时候，几几乎无论什么声音，都足以增加他悲哀的程度，何况当万木寥落时之秋虫的声音？普通人闻着秋虫的叫鸣，都要不禁发生悲秋的心思，何况我是人世间的被欺侮者呢？此外又加着秋风时送落叶打着窗棂响，月光从窗棂射进来，一道一道地落在我的枕上；真是伤心的情景啊！反正是睡不着，我起来兀自一个人在阶前踱来踱去，心中的愁绪，就使你有锋利的宝剑也不能斩断。仰首看看明月，俯首顾顾自己的影子，觉着自己已经不立足在人间了，而被陷在万丈深的冰窟中。忽然一股秋风吹来，不禁打了一个寒战，又重行回到床上卧下。

　　这一夜受了寒，第二日即大病起来，一共病了五天。病时，东家只当没有什么事情的样子，除了恨少一个人做事外，其他什么请医生不请医生，不是他所愿注意的事情。可是我自己还知道点药方——我勉强自己熬点生姜水，蒙着头发发汗，病也就慢慢好了。我满腔的愤气无处出，一夜我当夜阑人静的时候，提笔写了一封信给你，诉一诉我的痛苦。这一封信大约是我忘了写自己的通信地址，不然，我为什么没接到你的复信呢？维嘉先生！你到底接着了我的信没有？倘若你接到了我这一封信，你当时看过后就撕毁了，还是将它保存着呢？这件事情我倒很愿意知道。隔了这许多年，我自己也没曾料到我现在又写这一封长信给你；你当然是更不会料到的了。我现在提笔写这一封信时，又想起那一年写信给你的情形来：光阴迅速，人事变化无常，我又不禁发生无限的感慨了！

一四

维嘉先生！我想起那一年 w 埠学生抵制日货的时候，不禁有许多趣味的情形，重行回绕在我的脑际。你们当时真是热心啊！天天派人到江边去查货，天天派人到商店来劝告不要卖东洋货，可以说是为国奔波，不辞劳苦。有一次，我亲眼看见一个学生跪下来向我的东家陶永清磕头，并且磕得扑通扑通地响。当时我心中发生说不出的感想；可是我的东家只是似理不理的，似乎不表现一点儿同情。还有一次，一个学生——年纪不过十五六岁——来到我们的店里，要求东家不要再卖东洋货，说明东洋人如何如何地欺压中国人，中国人应当自己团结起来……我的东家只是不允：

"倘若你们学生能赔偿我的损失，能顾全我的生意，那我倒可以不卖东洋货，否则，我还是要卖，我没有法子。"

"你不是中国人么？中国若亡了，中国人的性命都保不住，还说什么损失，生意不生意呢？我们的祖国快要亡了，我们大家都快要做亡国奴了，倘若我们再不起来，我们要受朝鲜人和安南人的痛苦了！先生！你也是中国人啊！……"

　　他说着说着，不觉哭起来了；我的东家不但不为所动，倒有点不耐烦的样子。我在旁边看着，恨不得要把陶永清打死！但是，我的力量弱，我怎么能够……

　　也难怪陶永清不能答应学生的要求。他开的是洋货店，店中的货物，日本货要占十分之六七；倘若不卖日本货，则岂不是要关门么？国总没有钱好，只要赚钱，那还问什么国不国，做亡国奴不做亡国奴？维嘉先生！有时我想商人为什么连点爱国心都没有，现在我才知道：因为爱钱，所以便没有爱国心了。

　　可是当时我的心境真是痛苦极了！天天在手中经过的差不多都是日本货，并且一定要卖日本货。既然做了洋货店的伙友，一切行动当然要受东家的支配，说不上什么意志自由。心里虽然恨东家之无爱国心，但是没有法子，只得厚着面皮卖东洋货，否则，饭碗就要发生问题了。或者当时你们学生骂我们当伙友的没有良心，不知爱国……可是我敢向你说一句话，我当时的确是有良心，的确知道爱国，但是因为境遇的限制，我虽有良心，而表现不出来，虽知爱国，而不能做到。可是也就因此，我当时精神痛苦得很啊！

　　那一天，落着雨，街上泥浆甚深；不知为什么，你们学生决定此时游行示威。W 埠的学生在这次大约都参加了，队伍拖延得甚长。队伍前头，有八个高大的学生，手里拿着斧头，见着东洋货的招牌就劈，我们店口的一块竖立的大招牌，上面写着"东西洋货零趸批发"，也就在这一次亡命了。劈招牌，对于商店是一件极不利的事情，可是我当时见着把招牌劈了，心中却暗暗地称快。我的东家脸只气得发紫，口中只是哼，但是因为学生人多势众，他也没有敢表示反抗，恐怕要吃眼前的亏。可是他恨学生可以说是到了极点了！

　　当晚他在我们店屋的楼上召集紧急会议，到者有几家洋货店的主人及商务会长。商务会长是广东人，听说从前他当过龟头，做过流氓；现在他却雄霸 W 埠，出入官场了。他穿着绿花缎的袍子，花边的裤子，就同戏台上唱小旦的差不多，我见着他就生气。可是因为他是商务会长，因为他是东家请来的，我是一个伙友，少不得也要拿烟倒茶给他吃。我担任了布置会场及侍候这一班混账东西的差使，因之，他们说些什么话，讨论些什么问题，我都听得清清楚楚地。首由陶永清起立，报告开会的宗旨：

"今天我把大家请来，也没有别的，就是我们现在要讨论一个对付学生的办法。学生欺压我们商人，真是到了极点！今天他们居然把我们的招牌也劈了；这还成个样子么？若长此下去，我们还做什么买卖？学生得寸进尺，将来恐怕要把我们制到死地呢！我们一定要讨论一个自救的方法——"

"一定！一定！"

"学生闹得太不成个样子了！一定要想方法对付！"

"我们卖东洋货与否，与他们什么相干？天天与我们捣乱，真是可恨已极！"

"依永清你的办法怎样呢？"

大家真都是义愤填胸，不可向迩！一个老头子只气得摸自己的胡子；小旦派头的商务会长也乱叫"了不得"。陶永清看着大家都与他同意，于是便又接着严重地说：

"量小非君子，无毒不丈夫！学生对待我们的手段既然很辣，那我们对于他们还有什么怜惜的必要？我们应采严厉的手段，给他们一个大吃亏，使他们敛一敛气——"

我听到这里，不禁打了一个寒战，心中想，怎么啦，这小子要取什么严厉的手段？莫不是要——不至于罢？难道这小子真能下这样惨无人道的毒手……

"俗语说得好，蛇无头不行；我们要先把几个学生领袖制伏住，其余的就不成问题了。学生闹来闹去，都不过是因为有几个学生领袖撑着；倘若没有了领袖，则学生运动自然消灭，我们也就可以安安稳稳地做生意了。依我的意思，可以直接雇几个流氓，将几个学生领袖除去——"

我真是要胆战了！学生运动抵制日货，完全是为着爱国，其罪何至于死？陶永清丧尽了良心，居然要雇流氓暗杀爱国的学生，真是罪不容诛啊！我心里打算，倘若我不救你们学生，谁还能救你们学生呢？这饭碗不要也罢，倒是救你们学生的性命要紧。我是一个人，我绝对要做人的事情。饿死又算什么呢？我一定去报告！

"你们莫要害怕，我敢担保无事！现在官厅方面也是恨学生达了极点，绝不至于与我们有什么为难的地方！会长先生！但不知你的意见如何？"

小旦派头的商务会长点头称是，众人见会长赞成这种意见，也就不发生异议。一忽儿大家就决定照着陶永清的主张办下去，并把这一件事情委托陶永清经理，而大家负责任。我的心里真是焦急得要命，只是为你们学生担心！等他们散会后，我即偷偷地叫了一辆人力车坐上，来到你的学校里找你；恰好你还未睡，我就把事情慌慌忙忙地告诉你；你听了我的话，大约是一惊非同小可，即刻去找人开会去了。话说完后，我也即时仍坐人力车回来，可是时候已晚，店门早关了；我叫了十几分钟才叫开。陶永清见了我，面色大变，严厉地问我到什么地方去了；我知道他已明白我干什么去了，就是瞒也瞒不住；但我还是随嘴说，我的表兄初从家乡来至 W 埠，我到旅馆看他，不料在他那儿多坐了一回，请东家原谅。他哼了几声，别的也没说什么话。第二天清早，陶永清即将我账算清，将我辞退了。

维嘉先生！我在 W 埠的生活史，又算告了一个终结。

一五

　　满天的乌云密布着，光明的太阳不知被遮蔽在什么地方，一点
儿形迹也见不着，秋风在江边上吹，似觉更要寒些，一阵一阵地吹
到飘泊人的身上，如同故意欺侮衣薄也似的。江中的波浪到秋天时，
更掀涌得厉害，澎湃声直足使伤心人胆战。风声，波浪声，加着轮
船不时放出的汽笛声，及如蚂蚁一般的搬运夫的哀唷声，凑成悲壮
而沉痛的音乐；倘若你是被欺侮者，倘若你是满腔悲愤者，你一定
又要将你的哭声渗入这种音乐了。

　　这时有一个少年，手里提着一个小包袱，倚着趸船的栏杆，向那
水天连接的远处怅望。那远处并不是他家乡的所在地，他久已失去
了家乡的方向；那远处也不是他所要去的地方，他的行踪比浮萍还
要不定，如何能说要到什么地方去呢？那漠漠不清的远处，那云雾
迷漫中的远处，只是他前程生活的象征——谁能说那远处是些什么？
谁能说他前程的生活是怎样呢？他想起自家的身世，不禁悲从中来，

热泪又涔涔地流下，落在汹涌的波浪中，似觉也化了波浪，顺着大江东去。

这个少年是谁？这就是被陶永清辞退的我！

当陶永清将我辞退时，我连一句哀求话也没说，心中倒觉很畅快也似的，私自庆幸自己脱离了牢笼。可是将包袱拿在手里，出了陶永清的店门之后，我不知道向哪一方向走好。漫无目的地走向招商轮船码头来；在趸船上踱来踱去，不知如何是好。兀自一个人倚着趸船的栏杆痴望，但是望什么呢？我自己也说不出来。维嘉先生！此时的我直是如失巢的小鸟一样，心中有说不尽的悲哀啊！

父母在时曾对我说过，有一位表叔——祖姑母的儿子——在汉城X街开旅馆，听说生意还不错，因之就在汉城落户了。我倚着趸船的栏杆，想来想去，只想不出到什么地方去是好；忽然这位在汉城开旅馆的表叔来到我的脑际。可是我只想起他的姓，至于他的名字叫什么，我就模糊地记不清楚了。

或者他现在还在汉城开旅馆，我不妨去找找他，或者能够把他找着。倘若他肯收留我，我或者替他管管账，唉，真不得已时，做一做茶房，也没什么要紧……茶房不是人做的么？人到穷途，只得要勉强些儿了！

于是我决定去到汉城找我的表叔王——

喂！维嘉先生！我这一封信写得未免太长了！你恐怕有点不耐烦读下去了罢？好！我现在放简单些，请你莫要着急！

我到了汉城，费了九牛二虎之力，才把我的表叔找着。当时我寻找他的方法，是每到一个旅馆问主人姓什么，及是什么地方人氏——这样，我也不知找了多少旅馆，结果，把我的表叔找着了。他听了我的诉告之后，似觉也很为我悲伤感叹，就将我收留下。可是账房先生已经是有的，不便因我而将他辞退，于是表叔就给我一个当茶房的差事。我本不愿意当茶房，但是，事到穷途，无路可走，也由不得我愿意不愿意了。

维嘉先生！倘若你住过旅馆，你就知道当茶房是一件如何下贱的勾当！当茶房就是当仆人！只要客人喊一声"茶房"，茶房就要恭恭敬敬地来到，小声低语地上问大人老爷或先生有什么分付。我做了两个月的茶房，想起来，真是羞辱得了不得！此后，我任着饿死，我也不干这下贱的勾当了！唉！简直是奴隶！……

一天，来了一个四十几岁的客人，态度像一个小官僚的样子，架子臭而不可闻。他把我喊到面前，叫我去替他叫条子——找一个姑娘来。这一回可把我难着了。我从没叫过条子，当然不知条子怎么叫法；要我去叫条子，岂不是一件难事么？

"先生！我不知条子怎样叫法，姑娘住在什么地方……"

"怎么！当茶房的不晓得条子怎样叫法，还当什么茶房呢！去！去！赶快去替我叫一个来！"

"先生！我着实不会叫。"

这一位混账的东西就拍桌骂起来了；我的表叔——东家——听着了，忙来问什么事情，为着顾全客人的面子，遂把我当茶房的指斥一顿。我心中真是气闷极了！倘若东家不是我的表叔，我一定忍不下去，决要与他理论一下。可是他是我的表叔，我又是处于被压迫的地位的，哪有理是我可以讲的……

无论如何，我不愿意再当茶房了！还是去讨饭好！还是饿死也不要紧……这种下贱的勾当还是人干的么？我汪中虽穷，但我还有骨头，我还有人格，哪能长此做这种羞辱的事情！不干了！不干了！决意不干了！

我于是向我的表叔辞去茶房的职务；我的表叔见我这种乖僻而孤傲的性情，恐怕于自己的生意有碍，也就不十分强留我。恰好这时期英国在汉城的 T 纱厂招工，我于是就应招而为纱厂的工人了。维嘉先生！你莫要以为我是一个知识阶级，是一个文弱的书生！不，我久已是一个工人了。维嘉先生！可惜你我现在不是对面谈话，不然，你倒可以看看我的手，看看我的衣服，看看我的态度，像一个工人还是像一个知识阶级中的人。我的一切，我所有的一切，都是工人的样儿……

　　T 纱厂是英国人办的，以资本家而又兼着民族的压迫者，其虐待我们中国工人之厉害，不言可知。我现在不愿意将洋资本家虐待工人的情形一一地告诉你，因为这非一两言所能尽；并且我的这一封信太长了，若多说，不知什么时候才能结束；所以我就把我当工人时代的生活简略了。将来我有工夫时，可以写一本"洋资本家虐待工人的纪实"给你看看，现在我暂且不说罢。

一六

江水呜咽，

江风怒号；

可怜工人颈上血，

染红军阀手中刀！

我今徘徊死难地，

恨迢迢，

热泪涌波涛。

　　　　　——《江岸》

　　喂！说起来去年江岸的事情，我到如今心犹发痛！

　　当吴大军阀掌权的时候，维嘉先生，你当然记得：他屠杀了多少无罪无辜的工人啊！险矣哉，我几乎也把命送了！本来我们工人的性命比起大人老爷先生的，当然要卑贱得多；但是，我们工人始终是属于人类罢，难道我们工人就可以随便乱杀得么？唉！还有什么理讲……从那一年残杀的事起后，我感觉得工人的生存权是没有保障的，说不定什么时候，要如鸡鸭牛豕一般地受宰割。

当时京汉全路的工人，因受军阀官僚的压迫，大罢工起来了。我这时刚好在 T 纱厂被开除出来。洋资本家虐待中国工人，维嘉先生，我已经说过，简直不堪言状！工资低得连生活都几几乎维持不住，工作的时间更长得厉害——超过十二点钟。我初进厂的时候，因为初赌气自旅馆出来，才找得一个饭碗，也还愿意忍耐些；可是过了些时日之后，我无论如何，是再不能忍耐下去了。我于是就想方法，暗地里在工人间鼓吹要求增加工资，减少工作时间……因为厂中监视得很厉害，我未敢急躁，只是慢慢地向每一个人单独鼓吹。有一些工人怕事，听我的说话，不敢加以可否，虽然他们心中是很赞成的；有一些工人的确是被我说动了。不知是为着何故，我的这种行动被厂主察觉了，于是就糊里糊涂地将我开除，并未说出什么原故。一般工友们没有什么知识，见着我被开除了，也不响一声，当时我真气得要命！我想运动他们罢工，但是没有机会；在厂外运动厂内工人罢工，是一件不容易的事情。

我与江岸铁路分工会的一个办事人认识。这时因在罢工期间，铁路工会的事务很忙，我于是因这位朋友的介绍，充当工会里的一个跑腿——送送信，办办杂务。我很高兴，一方面饭碗问题解决了，胜于那在旅馆里当茶房十倍；一方面同一些热心的工友们共事，大家都是赤裸裸的，没有什么权利的争夺，虽然事务忙些，但总觉得精神不受痛苦。不过我现在还有歉于心的，就是当时因为我的职务不重要，军阀没有把我枪毙，而活活地看着许多工友们殉难！想起他们那时殉难的情形，维嘉先生，我又不禁悲忿而战栗了！

我还记得罢工第三日，各工团派代表数百人，手中拿着旗帜，群来江岸慰问，于是在江岸举行慰问大会，我那时是布置会场的一个人。首由京汉铁路总工会会长报告招待慰问代表的盛意，并将此次大罢工的意义和希望述说一番。相继演说的有数十人，有痛哭者，有愤詈者，其激昂悲壮的态度，实可动天地而泣鬼神。维嘉先生！倘若你在场时，就使你不憎恶军阀，但至此时恐怕也要向被压迫的工人洒一掬同情之泪了。最后总工会秘书李振英的一篇演说，更深印在我的脑际，鼓荡着在我的耳膜里：

"亲爱的同志们！我们此次的大罢工，为我国劳动阶级运命之一大关键。我们不是争工资争时间，我们是争自由争人权！倘若我们再不起来奋斗，再不起来反抗，则我们将永远受不着人的待遇。我们是自由和中国人民利益的保护者，但是，我们连点儿集会的自由都没有……麻木不仁的社会早就需要我们的赤血来濡染了！工友们！在打倒军阀的火线上，我们应该去做勇敢的先锋队。只有前进啊！勿退却啊！"

李君演说了之后，大家高呼"京汉铁路总工会万岁！中国劳动阶级解放万岁！全世界劳动者联合起来啊！"一些口号，声如雷动，悲壮已极！维嘉先生！我在此时真是用尽吃奶的力气喊叫，连嗓子都喊叫得哑了。后来我们大队游行的时候，我只听着人家喊叫什么打倒军阀，劳动解放……而我自己喊叫不出来，真是有点发急。这一次的游行虽然经过租界，但总算是平安地过去了。

但又谁知我们群众游行的时候，即督军代表与洋资本家在租界大开会议，准备空前大屠杀的时候！

萧大军阀派他的参谋长（张什么东西，我记不清楚了）虚诈地来与我们工会接洽，意欲探得负责任人的真相，好施行一网打尽的毒手。二月七日，总工会代表正欲赴会与张某开谈判，时近五点多钟，中途忽闻枪声大作，于是江岸流血的惨剧开幕了！张某亲自戎装指挥，将会所包围，开枪环击。可怜数百工友此时正在会所门口等候消息，躲避不及，又都赤手空拳，无从抵御！于是被乱枪和马刀击死者有三四十人，残伤者二百余人。呜呼，惨矣！

我闻着枪声，本欲躲避，不料未及躲避，就被一个凶狠的兵士把我捉住了。被捉的工友有六十人，江岸分会正执行委员长林祥谦君也在内。我们大家都被缚在电杆上，忍受一些狼心狗肺的兵士们的毒打——我身上有几处的伤痕至今还在！这时天已经很黑了。张某——萧大军阀的参谋长——亲自提灯寻找林祥谦君。张某将林君找着了，即命刽子手割去绳索，迫令林君下"上工"的命令，林君很严厉地不允。张乃命刽子手先砍一刀，然后再问道：

"上不上工？"

"不上！绝对不上！"

这时林君毫不现出一点惧色，反更觉得有一种坚决的反抗的精神。我在远处望着，我的牙只恨得答答地响，肺都气得炸了！唉！好狠心的野兽！……只见张某又命砍一刀，怒声喝道：

"到底下不下命令上工？"

这时张某的颜色——我实在也形容不出来——表现出世间最恶狠的结晶，最凶暴的一切！我这时神经已经失去知觉了，只觉得我们被围在一群恶兽里，任凭这一群恶兽乱吞胡咬，莫可如何。我也没有工夫怜惜林君的受砍，反觉得在恶兽的包围中，这受砍是避不了的命运。林君接着忍痛大呼道：

"上工要总工会下命令的！今天既是这样，我们的头可断，工是不可上的！不上工！不上……工！"

张某复命砍一刀，鲜血溅地，红光飞闪，林君遂晕倒了。移时醒来，张某复对之狞笑道：

"现在怎样？"

这时我想将刽子手的刀夺过来，把这一群无人性的恶兽，杀得一个不留，好为天地间吐一吐正气！但是，我身在缚着，我不能转动……又只见林君切齿，但声音已经很低了，骂道：

"现在还有什么可说！可怜一个好好的中国，就断送在你们这般混账忘八蛋的军阀走狗手里！"

张某等听了大怒，未待林君话完，立命枭首示众。于是，于是一个轰轰烈烈的林祥谦君就此慷慨成仁了！这时我的灵魂似觉茫茫昏昏地也追随着林君而去。

林君死后，他的一个六十多岁的老父及他的妻子到车站来收殓，张某不许，并说了许多威吓话。林老头儿回家拿一把斧头跑来，对张某说道：

"如不许收尸，定以老命拼你！"

张某见如此情况，才不敢再行阻拦。这时天已夜半了，我因为受绳索的捆绑，满身痛得不堪言状，又加着又气又恨，神经已弄到毫无知觉的地步。

第二日醒来，我已被囚在牢狱里。两脚上了镣，两手还是用绳捆着。仔细一看，与我附近有几个被囚着的，是我工会中的同事；他们的状况同我一样，但静悄悄地低着头。

一七

　　牢狱中的光阴，真是容易过去。我初进牢狱的时候，脚镣，手铐，臭虫，虱子，污秽的空气，禁卒的打骂……一切行动的不自由，真是难受极了！可是慢慢地慢慢地也就成为习惯了，不觉着有什么大的苦楚。就如臭虫和虱子两件东西，我起初以为我纵不被禁卒打死，也要被它们咬死；可是结果它们咬只管咬我，而我还是活着，还是不至于被咬死。我何尝不希望它们赶快地给我结果了性命，免得多受非人的痛苦？但是，这种希望可惜终没有实现啊！

　　工会中的同事李进才恰好与我囚在一起。我与他在工会时，因为事忙，并没有谈多少话，可是现在倒有多谈话的机会了。他是一个勇敢而忠实的铁路工人，据他说，他在铁路上工作已经有六七年了。我俩的脾气很合得来，天天谈东谈西——反正没有事情做——倒觉也没甚寂寞。我俩在牢狱中的确是互相慰藉的伴侣，我倘若没有他，维嘉先生，我或者久已寂寞死在牢狱中了。他时常说出一些很精辟的话来，我听了很起佩服他的心思。有一次他说：

"我们现在囚在牢狱里，有些人或者可怜我们，有些人或者说我们愚蠢自讨罪受；或者有些人更说些别的话……其实我们的可怜，并不自我们入了牢狱始。我们当未入牢狱的时候，天天如蚂蚁般地劳作，汗珠子如雨也似的淋，而所得的报酬，不过是些微的工资，有时更受辱骂，较之现在，可怜的程度又差在哪里呢？我想，一些与我们同一命运的人们，就假使他们现在不像你我一样坐在这污秽阴凄的牢狱里，而他们的生活又何尝不在黑暗的地狱中度过！汪中！反正我们穷人，在现代的社会里，没有快活的时候！在牢狱内也罢，在牢狱外也罢，我们的生活总是牢狱式的生活……

"至于说我们是愚蠢，是自讨罪受，这简直是不明白我们！汪中！我不晓得你怎样想；但我想，我现在因反抗而被囚在牢狱内，的确是一件很光荣的事情！我现在虽然囚在牢狱内，但我并不懊悔，并不承认自己的行动是愚蠢的。我想，一个人总要有点骨骼，决不应如牛猪一般的驯服，随便受人家的鞭打驱使，而不敢说半句硬话。我李进才没有什么别的好处，惟我的浑身骨头是硬的，你越欺压我，我越反抗。我想，与其卑怯地受苦，不如轰烈地拼它一下，也落得一个痛快。你看，林祥谦真是汉子！他至死不屈。他到临死时，还要说几句硬话，还要骂张某几句，这真是够种！可惜我李进才没被砍死，而现在囚在这牢狱里，死不死，活不活，讨厌……"

李进才的话，真是有许多令我不能忘却的地方。他对我说，倘若他能出狱时，一定还要做从前的勾当，一定要革命，一定要把现社会打破出出气。我相信他的话是真的，他真有革命的精神！今年四月间我与他一同出了狱。出狱后，他向 C 城铁路工会找朋友去了，我就到上海来了。我俩本约定时常通信的，可是他现在还没有信给我。我很不放心，听说 C 城新近捕拿了许多鼓动罢工的过激派，并枪毙了六七个——这六七个之中，说不定有李进才在内。倘若他真被枪毙了，在他自己固然是没有什么，可是我这一个与他共患难的朋友，将何以为情呢！

李进才并不是一个无柔情的人。有一次，我俩谈到自身的家世，他不禁也哭了。

"别的也没有什么可使我系念的，除开我的一个贫苦的家庭。我家里还有三口人——母亲，弟弟和我的女人。母亲今年已经七十二岁了。不久我接着我弟弟的信说，母亲天天要我回去，有时想我得很，便整天地哭，她说，她自己知道快不久于人世了，倘若我不早回去，恐怕连面也见不着了。汪中！我何尝不想回去见一见我那白发苍苍，老态龙钟的，可怜的母亲！但是，现在我囚在牢狱里，能够回去么？幸亏我家离此有三百多里路之遥，不然，她听见我被捕在牢狱内，说不定要一气哭死了。

"弟弟年纪才二十多岁，我不在家，一家的生计都靠着他。他一个人耕着几亩地，天天水来泥去，我想起来，心真不安！去年因为天旱，收成不大好，缴不起课租，他被地主痛打了一顿，几几乎把腿都打断了！唉！汪中！反正穷人的骨肉是不值钱的……

"说起我的女人，喂，她也实在可怜！她是一个极忠顺的女子。我与她结婚才满六个月，我就出门来了；我中间虽回去一两次，但在家总未住久。汪中！我何尝不想在家多住几天，享受享受点夫妻的乐趣？况且我又很爱我的女人，我女人爱我又更不待言呢！但是，汪中你要晓得，我不能在家长住，我要挣几个钱养家，帮助帮助我的弟弟。我们没有钱多租人家田地耕种，所以我在家没事做，只好出来做工——到现在做工的生活，算起来已经八九年了。这八九年的光阴，我的忠顺的女人只是在家空守着，劳苦着……汪中！人孰无情？想起来，我又不得不为我可怜的女人流泪了！"

　　李进才说着说着，只是流泪，这泪潮又涌动了无家室之累，一个孤零飘泊的我。我这时已无心再听李进才的诉说了，昏昏地忽然瞥见一座荒颓的野墓——这的确是我的惨死的父母之合葬的墓！荒草很乱杂地丛生着，墓前连点儿纸钱灰也没有，大约从未经人祭扫过。墓旁不远，静立着几株白杨，萧条的枝上，时有几声寒鸦的哀鸣。我不禁哭了！

　　我的可怜的爸爸，可怜的妈妈！你俩的一个飘泊的儿子，现在犯罪了，两脚钉着脚镣，两手圈着手铐，站立在你俩的墓前。实只望为你俩伸冤，为你俩报仇，又谁知到现在啊，空飘泊了许多年，空受了许多人世间的痛苦，空忍着社会的虐待！你俩看一看我现在的这般模样！你俩被恶社会虐待死了，你俩的儿子又说不定什么时候被虐待死呢！唉！爸爸，妈妈！你俩的墓草连天，你俩的儿子空有这慷慨的心愿……

　　一转眼，我父母的墓已经变了——这不是我父母的墓了，这是——啊！这是玉梅的墓。当年我亲手编成的花圈，还在墓前放着；当年我所痛流的血泪，似觉斑斑点点地，如露珠一般，还在这已经生出的草丛中闪亮着。

　　"哎哟！我的玉梅呀！……"

　　李进才见着我这般就同发疯的样子，连忙就问道：

　　"汪中！汪中！你，你怎么啦？"

　　李进才将我问醒了。

一八

时间真是快极了！出了狱来到上海，不觉又忽忽地过了五六个月。现在我又要到广东入黄埔军官学校去，预备在疆场上战死。我几经忧患余生，死之于我，已经不算什么一回事了。倘若我能拿着枪将敌人打死几个，将人类中的蟊贼多铲除几个，倒也了却我平生的愿望。维嘉先生！我并不是故意地怀着一腔暴徒的思想，我并不是生来就这样的倔强；只因这恶社会逼得我没有法子，一定要我的命——我父母的命已经被恶社会要去了，我绝对不愿意再驯服地将自己的命献于恶社会！并且我还有一种痴想，就是。我的爱人刘玉梅为我而死了，实际上是恶社会害死了她；我承了她无限的恩情，而没有什么报答她，倘若我能努力在公道的战场上做一个武士，在与黑暗奋斗的场合中我能不怕死做一位好汉，这或者也是一个报答她的方法。她在阴灵中见着我是一个很强烈的英雄，或者要私自告慰，自以为没曾错爱了我……

今天下午就要开船了。我本想再将我在上海五六个月的经过向你说一说，不过现在因时间的限制，不能详细，只得简单地说几件事情罢。

到上海不久，我就到小沙渡 F 纱厂工会办事，适遇这时工人因忍受不了洋资本家的虐待，实行罢工；巡捕房派巡捕把工会封闭，将会长 C 君捉住，而我幸而只挨受红头阿三几下哭丧棒，没有被关到巡捕房里去。我在街上一见着红头阿三手里的哭丧棒，总感觉得上面萃集着印度的悲哀与中国的羞辱。

有一次我在大马路上电车，适遇一对衣服漂亮的年少的外国夫妇站在我的前面，我叫他俩让一让，可是那个外国男子回头竖着眼，不问原由就推我一下，我气得要命，于是我就对着他的胸口一拳，几几乎把他打倒了；他看着我很不像一个卑怯而好屈服的人，于是也就气忿忿地看我几眼算了。我这时也说了一句外国话 You are savage animal[1]；这是一个朋友教给我的，对不对，我也不晓像。一些旁观的中国人，见着我这个模样，有的似觉很惊异，有的也表示出很同情的样子。

有一次，我想到先施公司去买点东西，可是进去走了几个来回，望一望价钱，没有一件东西是我穷小子可以买得起的。看店的巡捕看我穿得不像个样，老在走来走去，一点东西也不买，于是疑心我是扒手，把我赶出来了。我气得没法，只得出来。心里又转而一想，这里只合老爷、少爷、太太和小姐来，穷小子是没有分的，谁叫你来自讨没趣——

啊！维嘉先生！对不起，不能多写了——朋友来催我上船，我现在要整理行装了。我这一封信虽足足写了四五天，但还有许多意思

---

[1] 英语，意即"你是个野蛮的动物"。

没有说。维嘉先生！他日有机会时再谈罢。

　　再会！再会！

　　　　　　　　　　　汪中

　　一九二四年十月于沪上旅次

维嘉的附语

去年十月间接着这封长信，读了之后，喜出望外！窃幸在现在这种萎靡不振的群众中，居然有这样一个百折不挠的青年。我尤以为幸的，这样一个勇敢的青年，居然注意到我这个不合时宜的诗人，居然给我写了这一封长信。我文学的才能虽薄弱，但有了这一封信为奖励品，我也不得不更发奋努力了。

自从接了这一封信之后，我的脑海中总盘旋着一个可歌可泣可佩可敬的汪中，因之天天盼望他再写信给我。可是总没有消息——这是一件使我最着急而引以为不安的事情！

今年八月里我从北京回上海来，在津浦车中认识了一位L君。L君为陕西人，年方二十多岁，颇有军人的气概，但待人的态度却和蔼可亲。在说话中，我得知他是黄埔军官学校的学生，于是我就问他黄埔军官学校的情形及打倒陈炯明、刘震寰等的经过。他很乐意地前前后后向我述说，我听着很有趣。最后我问他，黄埔军官学校有没有汪中这个学生？他很惊异地反问我道：

"你怎么知道汪中呢？你与他认识么？"

"我虽然不认识他，但我与他是朋友，并且是交谊极深的朋友！"

我于是将汪中写信给我的事情向他说了一遍。L君听了我的话后，叹了口气，说道：

"提起了汪中来，我心里有点发痛。他与我是极好的朋友，我俩是同阵入军官学校的——但是，他现在已经死了！"

我听了"已经死了"几个字，悲哀忽然飞来，禁不住涔涔地流下了泪。唉！人间虽大，但何处招魂呢？我只盼望他写信给我，又谁知道，他已经死了……

"我想起来他临死的情状，我悲哀与佩敬的两种心不禁同时发作了。攻惠州城的时候，你先生在报纸上大约看见了罢，我们军官学校学生硬拼着命向前冲，而汪中就是不怕死的一个人。我与他离不多远，他打仗的情况我都看得清清楚楚地。他的确是英雄！在枪林弹雨之中，他毫没有一点惧色，并大声疾呼'杀贼呀！杀贼呀！前进呀！……'我向你说老实话，我真被他鼓励了不少！但是枪弹是无灵性的，汪中在呼喊'打倒军阀，打倒帝国主义'的声中，忽然被敌人的飞弹打倒了——于是汪中，汪中永远地离我们而去……"

L君说着说着，悲不可抑。我在这时也不知说什么话好。这时已至深夜，明月一轮高悬在天空，将它的洁白的光放射在车窗内来。火车的轮轴只是轰隆轰隆地响，好像在呼喊着：

光荣！光荣！无上的光荣！……